0번 버스는 2번 지구로 향한다

0번 버스는 2번 지구로 향한다

ⓒ 김준녕 2023

초판 1쇄	2023년 10월 28일

지은이	김준녕

출판책임	박성규	펴낸이	이정원
편집주간	선우미정	펴낸곳	도서출판 들녘
기획이사	이지윤	등록일자	1987년 12월 12일
편집진행	이동하	등록번호	10-156
디자인진행	고유단	주소	경기도 파주시 회동길 198
디자인	하민우	전화	031-955-7374 (대표)
편집	이수연·김혜민		031-955-7384 (편집)
마케팅	전병우	팩스	031-955-7393
경영지원	김은주·나수정	이메일	dulnyouk@dulnyouk.co.kr
제작관리	구법모		
물류관리	엄철용		

ISBN	979-11-5925-819-0(03810)

0번 버스는 2번 지구로 향한다

김준녕 소설집

goble

차례

경매

문을 두들기기 전에 오랫동안 머뭇거렸다. 걱정이나 고민보다는, 출처를 알 수 없는 익숙함 때문이었다. 가만히 문을 응시하던 나는 문패에 덕지덕지 발려 있는 파란색 페인트를 보며 과거 지구 골목길에서 마주했던 대문들을 떠올렸다. 어디선가 아이들이 뛰노는 소리가 들려오고, 밥 짓는 냄새가 날 것만 같았다. 갑자기 문이 벌컥 열렸다. 웬 대머리 남자가 나를 향해 허리를 숙이면서 인사를 건넸다. 그가 말했다.

"팔러 오셨나요?"

내가 고개를 끄덕이자, 그는 파초 이파리 같은 넓적 손바닥을 펴더니 건물 안으로 손짓했다. 나는 그를 따라 엉거주

춤 안으로 들어섰다. 건물 안은 일반 가정집과 다를 것이 없었다. 민무늬의 회색 벽지가 사방에 둘러져 있었고, 바닥은 대리석으로 차가운 느낌을 주고 있었다. 그는 바우하우스 풍의 의자에 나를 앉히고는 맞은편에 섰다.

"규칙은 지키셨나요?"

나는 숨을 고르고는 담담하게 말했다.

"여기 오는 걸 누구에게도 말하지 말 것, 맞죠?"

내 대답을 들은 그는 미소를 지으며 말했다.

"맞습니다. 최대한 접촉자가 적어야 판매 가능성이 높아지거든요. 그래서."

그가 내 쪽으로 고개를 숙이면서 말했다.

"기억 팔러 오신 거 맞죠?"

쉽게 입이 떨어지지 않았다. 나는 모레 세타우리 성운으로 기억 재건 수술을 받으러 갈 상아를 떠올렸다.

상아는 내 절친한 친구인 상욱의 딸이다. 상욱과 나는 불법 성간 운행 중에 우연히 마주친 후 우주를 함께 떠돌며 우주선 외벽을 수리하는 일을 했다. 입에 간신히 풀칠하는 정도였지만, 우리는 우리에게 일이 있다는 그 자체에 감사해야 했다. 일자리를 구하지 못해 신체는 물론, 기억까지 파는 이들이 세상에는 많았다.

　그러다 상욱은 한 여자를 만났고, 둘은 사랑에 빠졌다. 그녀는 성간 운행을 마치고 돌아온 우주선 외벽을 청소하는 우주 청소부였다. 나는 상욱에게 경고했다. 만약 그가 결혼을 하게 되어 아이를 낳게 된다면, 그의 아이도 우리처럼 살게 될 것이라며, 결혼이 우리 모두를 불행으로 밀어갈 것이라고 말했지만, 상욱은 내 말을 듣지 않았다. 그와 그의 아내는 B5778A 행성에 정착해서 딸을 낳았다.

　그 딸이 바로 상아였다. 선천적으로 몸이 약하게 태어난 상아는 병원에 살다시피야 해야 했다. 안타깝게도 내 우려가 들어맞았다. 상욱과 그의 아내는 우주에서 일을 하면서 우주 방사선에 심하게 피폭을 당했고, 그 결과 딸에게 비정상적인 유전 형질을 물려주게 된 것이었다.

　그들은 아픈 딸을 위해 노력했다. 상욱은 아내와 함께 행성을 떠나 다시 우주로 나가서 돈을 벌었다. 그들은 쉬는 날도 없이 일을 했고, 그렇게 그들이 번 돈은 오롯이 상아를 치료하기 위해 쓰였다. 그러나 3년 전, 갑자기 OM112 항성 부근에 나타난 소형 블랙홀에 의해 부부가 동시에 사라졌고, 상아는 혼자가 되었다. 그때부터 나는 상아의 대부로서 상아의 뒤를 봐주게 되었다.

　그때 나는 상욱과 그의 아내를 원망했다. 왜 이런 세상에서 아이를 낳는 것인지, 화가 치밀어 올랐다. 내 화는 상아에게 이어졌다. 처음에는 상아의 얼굴을 보기조차 싫었다. 그러나 상아가 짓는 미소 한 번에 나는 생명체가 주는 어떠한 힘을 느끼고는 둘을 이해하게 되었다. 그때부터 나는 상아를 내 친딸처럼 키웠다. 다행히 부부의 사고에 대한 보험금으로 상아를 치료할 수 있었고, 상아는 매우 건강하게 자랄 수 있었다.

회상을 이어가던 내게 대머리 남자가 물었다.

"왜 기억을 판매하려는지 알 수 있을까요?"

그의 질문에 나는 조심스럽게 대답했다.

"기억을 찾아줄 사람이 있어서요."

상아에게는 자신의 부모에 관한 기억이 없다. 상아의 부모가 일찍 죽어서 그런 것이 아니라, 그들이 상아의 기억을 내가 마주한 대머리 남자와 같은 기억 콜렉터에게 팔았기 때문이다. 상아의 병원비를 감당하기 위해서 어쩔 수 없었을 것이다.

중요한 기억일수록 기억의 가치는 올라간다.

기억 콜렉터들이 기억을 사들일 때 내세우는 주요 원칙 중 하나다. 상아의 기억이 팔렸을 때, 상아는 갓난아기였다. 아기에게 부모는 세상, 그 자체였기에 해당 기억은 기억 콜렉터에게 매우 비싼 값으로 팔렸을 것이다.

나는 상아가 부모에 관해 물을 때마다 침묵할 수밖에 없었다. 안다고 해서 달라질 것이 있을까 싶기도 했다. 이미 죽은 사람들인데. 그런데 얼마 전 상아가 내게 말했다.

"나, 대학교 가고 싶어."

시간이 벌써 그렇게 됐나 싶었다. 처음 만났을 때는 어린 아이였는데, 어느덧 대학 입학을 앞두고 있었다. 내가 시간의 상대성을 느끼고 있는 동안 상아는 내 표정을 살피더니 웃으며 고개를 저었다.

"아냐. 됐어."

"왜?"

상아는 내 물음에 답을 하지 않았으나, 나는 이미 그 이유를 알고 있었다. 오늘날에는 기억이 온전한 사람만이 대학에 갈 수 있었다. 기억 절제술이 사고력과 창의성에 연관된다는 말도 안 되는 이유로 대학 면접관들은 상아를 탈락시켰다. 불합격 통보를 받고서 풀이 죽은 상아에게서, 나는 암울한 미래를 보았다.

상아가 우리와 같이 녹슨 우주선의 때를 벗기다가 소행성에 맞아 죽어버리는 그런 미래. 나는 그런 미래를 도저히 두고 볼 수가 없었다. 수소문을 해보니 기억 재건술을 해주는 곳이 세타우리 성운 쪽에 있다고 했다.

기억 재건술에는 많은 돈이 필요했다. 기억을 다시 가져

오는 것부터 그렇게 가져온 기억을 다시 머리에 이식하는 작업까지. 기억을 파는 것보다 비용이 배로 들었다. 내가 모아온 돈으로는 부족했다. 그렇다고 내 몸뚱이를 팔 수는 없었다. 일을 하며 우주 방사선으로 망가진 데다, 내 것보다 성능이 몇백 배나 좋은 인공 장기들이 많았으니까. 내가 팔 수 있는 것은 남들에게는 없는, 내가 가진 유일한 것. 바로 내 기억이었다.

"좋습니다! 스토리가 훌륭해요!"

대머리 남자는 내 이야기를 듣고서 손뼉을 치더니 만족스러운 듯 고개를 연신 끄덕였다. 그러고는 감탄사와 함께 용수철처럼 자리에서 튀어 나가 방 구석에 있는 미니바로 달려갔다. 그는 손에 위스키 한 병과 잔 두 개를 들고 오더니 위스키 한 잔을 내게 대접했다. 내가 그것을 한 번에 다 마셔버리자, 대머리 남자가 미니바에서 가져온 위스키 병을 가리키며 내게 물었다.

"기억과 위스키의 공통점이 뭔지 알아요?"

내가 고개를 젓자, 그가 말했다.

"첫째, 오래될수록 좋고, 둘째, 세상에 똑같은 것이 없다는 거예요. 저는 1961년, 영국 글래스코에 위치한 양조장에서 생산된 이 위스키를 가장 높게 친답니다."

내 표정을 살핀 그는 위스키 병을 높게 들어 올리며 말을 이었다.

"전 우주에서 마지막으로 남은 1961년 산 위스키거든요."

병에 담겨 있던 위스키가 파도처럼 출렁거렸다. 그는 잔에 위스키를 살짝 따르고는 잔에 코를 대고는 향기를 맡았다.

"앞으로 그 누구도 이 맛을 다시는 못 느끼겠죠."

그는 다리를 꼬고서 회상에 잠긴 듯 하늘을 바라보며 위스키를 몇 모금 더 마셨다. 나는 위스키를 더 달라며 그를 향해 손짓했다. 그는 흔쾌히 잔에 위스키를 더 따라 내게 건네주었다. 나는 위스키를 음미하지도 않고 통째로 삼켜버렸다. 속이 답답해서 견딜 수가 없었다. 그가 내 어깨에 손을 올리고는 말했다.

"편하실 때, 말씀해주세요. 그때 시술 진행하겠습니다."

술기운이 올라왔다. 나는 심호흡하고는 주저하지 않고 말했다.

"지금 해주세요."

"알겠습니다. 지난번에는…."

그는 내게 무슨 말을 하려다가 말고는 미묘한 웃음과 함께 방 안으로 들어갔다. 나는 대수롭지 않게 여기고는 그를 뒤따라갔다. 방 중간에는 기계 하나가 놓여 있었다. 외관상으로는 침대 같았다. 머리 쪽에 이상한 장치 하나가 달려 있는 것만 빼면.

나는 그가 설명하기도 전에 능숙하게 그곳에 올라가 이상한 장치를 머리에 채웠다. 그래야 할 것만 같았다. 익숙한 차가움이 느껴졌다. 그는 그런 나를 보고도 아무 말도 하지 않았다. 그가 장치에 시동을 걸었다.

"누구에 대한 기억을 파시겠습니까?"

호흡이 거칠어졌다. 술 때문이라 생각했다. 그가 내 결정을 보챘다.

"저기, 손님?"

이제 결정해야 했다. 상아의 등록금을 마련하기 위해 집은 물론이고 가지고 있던 물건도 모두 처분한 상태였다. 기억을 팔고 나면, 나는 전혀 다른 사람이 되어 있을 것이고, 내가 팔아버린 기억의 흔적조차 찾을 수가 없을 것이다. 그래도 막무가내는 아니었다. 특정인에 대한 기억을 삭제하는 것이었으니, 내 몸 하나는 건사할 수 있을 것이다.

"상아에 대한 기억을 팔겠습니다."

상아가 나에 대해 잊고 살았으면 했다. 나는 그럴 테니까. 곧 나는 상아에 대한 모든 기억을 잃고서 살아남기 위해 그저 하루를 살아가고 있을 테니까. 상아가 날 찾지 못할 은하계 외곽으로 가서 살아갈 테니까. 각오는 하고 있었으나, 적정되었다. 나는 오묘한 표정을 짓고 있는 그에게 물었다.

"친구 딸에 관한 기억이라서 돈을 얼마 못 받을까요?"

그는 환한 미소를 보이며 날카로운 바늘로 내 머릿속을 헤집기 시작했다. 시술 때문인지 쏟아지는 빛이 내 얼굴을 훑는 순간, 기시감을 느꼈다. 그가 말했다.

"아뇨. 둘의 기억은 아주 가치 있어요. 정말로요. 생명체에게 있을 수 있는 원초적인 이야기에요."

안심되었다. 나는 눈을 감고서 온전히 기계에 몸을 맡겼다. 또다시 태어나는 듯한 느낌이었다.

팔이 닿지 못해
슬픈 짐승

장례까지 이르는 절차는 간소했다. 먼저 의사가 고개를 숙이더니 민의 방호복에 손톱 크기로 난 구멍을 보고는 사망 선고를 내렸다. 동시에 간호사가 어딘가로 전화를 걸더니, (살처분 대상자입니다.)라 말하고는 전화를 끊었다.

준은 대기실 벽에 기대어 있었다. 방호복이 벽에서 미끄러지는 바람에 다리에 힘을 주고 있어야 했다. 얼마 지나지 않아 구청 직원이 대기실로 올라왔다. 그의 덧신은 오랜 시간 땅에 끌린 듯 거뭇한 얼룩이 묻어 있었다. 구청 직원은 바닥을 부직포로 쓰는 듯한 소리를 내며 준을 향해 걸어왔다. 유리막 뒤로 보이는 그의 눈에는 핏줄이 선명했다. 그가 준에게 서류를 내밀었다. (서명 부탁드립니다.) 준이 사망 시각을 쓰는 항목에서 머뭇거리자 그는 시계를 준에게 보이며 말했다. (사망 시각은 7월 22일 13시 23분입니다.) 모든 것이 잘 짜인 연극처럼 막힘없이 진행되었다.

구청 직원 뒤로는 경비원 하나가 서 있었다. 경비원의 덩치는 한때 유도 선수였던 준보다도 두 배는 컸다. 특히나 배 부분이 빵빵했다. 미쉐린 마스코트 같아 보였다. 경비원은 준의 어깨에 손을 올렸다. 라텍스 장갑이 주는 뻑뻑함이 어깨를 통해 느껴졌다. (상심이 크시겠지만, 순번이 밀려 있어요. 빠른 작성 부탁드립니다.) 경비원의 협박에도 준은 쉽게 서명할 수가 없었다. 진료실에서는 벅벅, 몸을 긁는 듯한 소리가 들려오고 있었다. 30분 전, 6세 여아의 부모는 경비원의 멱살을 잡고서 아이를 살려내라 소리쳤다. 그들은 병원 집기들을 부쉈고, 가슴을 쥐어뜯으며 흐느껴 울었다. 그들의 방호복이 찢어질까 걱정이 될 정도였다. 무뚝뚝한 경비원이 이렇게 말했을 정도였으니. (그러다 두 분도 바이러스에 노출돼 죽습니다.) 부부는 눈물을 흘렸지만, 그 눈물이 병원 바닥에 떨어지는 일은 없었다. 눈물은 그들의 뺨을 지나 목덜미와 아이를 안았던 가슴팍을 스친 다음 마지막으로 발바닥을 적셨다. 그들이 움직일 때마다 물 출렁이는 소리가 들려왔다. (멀쩡히 살아 있지 않습니까?) 남편이 가리킨 곳에는 어린아이가 숨을 헐떡이며 침대에 누워 있었다. 의사는 무심하게 말했다. (방호복이 찢어져 다른 방도가 없습니다.) 아내가 아이를 향해 손짓하며 흐느껴 울었다. (감염의 위험이 있습니다.) 의사가 나서서 말리기 전까지 아내는 아이에게 붙어 있었고, 남편은 아내를 아이로부터 떼어 놓으려는 경비원을 향해 주먹을 휘둘렀다.

미국 CDC의 공식 발표에 의하면 러시아 북부 사하 지역 영구 동토층이 지구 온난화로 녹으며 이것이 지상으로 노출됐다. 이것의 이름은 처음에는 돼지 열병 바이러스였다가, 신종 돼지 열병 바이러스가 되었고, 한동안은 '죽음의 나팔수'라는 별명으로만 언급되었다. 이제 이것은 이름마저 붙지 않고 죽음이라는 뜻 그 자체로 불리게 되었다. 이것은 공기 중, 물속, 철판 위, 심지어는 중국집 싸구려 미원 위에서도 몇 달이나 살아남은 데다가 장소를 가리지 않고 자가복제를 해댔다. 이것에 감염되었을 경우 사람에 따라 짧게는 몇 시간에서 길게는 한 달 이상의 잠복기를 거쳐 감염자들을 예외 없이 죽였다. 감염자는 온몸에 반점이 나면서 기침하다가 피를 토하다가 끝내 폐가 굳어 질식해 죽었다. 최초 감염자는 러시아계 유목민이었다. 그는 염소들을 데리고 이끼를 먹이다가 찰나의 순간 바이러스에 감염되었으며 염소를 내다 팔기 위해 시장에 방문했다가 이웃 사람들에게 바이러스를 전파했다. 그러다 우연히 시장을 방문한 중국인 여행객들에게 이것이 전파되었고, 그들은 바이러스를 그대로 가지고서 본국으로 돌아갔다. 이후로 전염은 갈대밭 기름을 붓고서 불을 지피는 것과 같았다. 기하급수적으로 사람들은 바이러스에 감염됐다. 남의 일이라고 웃음 치던 다른 국가들은 얼마 가지 못해 소리를 질러대며 현상 유지에만 급급했다. 전 지구적인 노력으로 백신을 개발하려 했지만 무리였다. 이것의 변이 속도는 드레스를 고르는 신부의 마음처럼 상상을 초월했으니. 심지어 죽은 개개인의 검체를 검사할 때마다 이것은 티라노와 개구리 사이만큼이나 서로 유전적인 괴리를 보였다. 수조 원을 투입해 출시한 백신들은 며칠을 가지 못해 사장됐고, 백신의 혜택을 입은 완치자도 재감염으로 죽었다.

초기에 바이러스를 별 대수롭지 않게 여겼던 사람들은 클럽, 극장, 놀이공원 등을 오가며 몸을 부대꼈고, 바이러스는 배양액에 뛰어든 것처럼 날뛰기 시작했다. 위험을 감수했던 만큼 위협을 받게 되었으나 다들 그저 그러려니 하지는 않았다. 그들은 정부를 손가락질하다가 의사의 멱살을 잡았고, 끝내는 신을 욕했다. 의사에서부터 신부와 목사, 스님이 잇따라 감염됐고, 수상과 대통령, 왕과 황제라 칭하던 이들은 얼마 못 가 피를 토하고는 죽었다. 그들은 맥없이 병상을 잡고서 응하지 않는 기도를 해댔다.

이후 사람들은 두꺼운 방호복을 입기 시작했다. 그들은 오직 필터를 통해 걸러낸 공기를 들이마셨고, 사타구니 부분에 난 구멍에 관을 꽂아 용변을 처리했다. 물론 1943년 스탈린그라드에도 아이는 태어났듯이 오늘날에도 아이는 태어났다. 오늘날 아이는 태어나자마자, 절대 탈출할 수 없는 이 작디작은 감옥에 갇혔다. 오늘날 아이가 태어나는 것이 유전자의 명령 때문인지, 부모의 이기심 때문인지, 그것도 아니라면 끝을 보자는 인류의 끈기 때문인지는 알 수 없었다.

준은 어떤 부가적인 소동 없이 서류에 이름을 정자로 적었다. 하나하나 힘을 주어 적어 내려갔다. 어찌나 힘을 주었는지 사망 신고서가 아닌 바로 뒷장에 놓인 시체 화장 동의서에도 진하게 준의 이름이 남았을 정도였다. 경비원의 얼굴이 구겨졌다. 일어나야 할 일이 일어나지 않았기 때문이다. 어떤 난리가 있어야 했다. 소리를 지르고, 울다가 끝내는 경비원인 자신에게 매달려야 했다. 경비원은 준을 위아래로 한 번 훑어보고는 천천히 시선을 거두었다.

준은 구청 직원에게 서류를 건넸다. 구청 직원이 서류에서 시선을 두며 말했다. (마지막으로 인사하시죠.) 침대 위에 있던 그것은 꼭 준이 어릴 적 빨랫줄에 매달아 놓았던 꽁치처럼 어른들이 바닷내음이라 하던 비린내가 날 것 같았고, 너무나도 딱딱해 가위나 칼같이 날카로운 것이 아니고서는 자를 수 없을 것 같았다. 구청 직원은 서류를 받아 챙기고는 경비원을 향해 고갯짓했다. 그의 고갯짓은 말린 생선의 비늘처럼 건조하면서도 날카로웠다. 경비원이 침대를 화장장 쪽으로 끌었다.

✳

준은 병원 로비에 멍하니 서 있었다. 여름 하늘은 구름 한 점 없이 맑았지만, 방호복 유리막에 차오른 입김 때문에 마치 안개 속에 서 있는 것 같았다. 어디선가 민의 목소리가 들리는 것 같았다.

(이 유리막만 벗으면 나는 기지개를 켜고는 사람이 가득 찬 도심을 지나 공원으로 내달릴 거야. 다들 나를 미친 사람으로 생각하겠지. 상관하지 않아. 턱까지 숨이 차오르고, 목에서 피 맛이 날 때까지 눈을 감고 달릴 거야.)

민과 준의 관계는 친구나 연인처럼 한 단어로 정의할 수는 없었다. 살아온 환경은 전혀 달랐으나 5년 동안이나 함께 살아온 만큼 무언가 통하는 부분은 분명히 있었다. 황혼기에 접어든 부부처럼 말하지 않고는 서로를 이해해서 그런 것은 아니었다. 준과 민 사이에는 넘지 못할 벽이 존재했다.

둘의 관계는 룸메이트를 구한다는 민의 인터넷 게시물에 준이 답글을 달며 시작됐다. 주로 남성들이 이용하는 인터넷 커뮤니티에 올라온 게시물이라 그런지 준은 민을 자신과 같은 남성이라 생각했다. 그러나 상수역 5번 출구에서 도보로 5분 정도 거리에 있는 투룸 빌라에 도착해 초인종을 눌렀을 때, 준은 순간 202호가 맞는지 재차 살펴야 했다. 202호에서 걸어 나온 사람은 여자에다 어딘가 외양이 이상했다. 민이 입고 있던 것은 일반적인 무채색 계열의 방호복이 아니라, 세기말 테러리스트의 패션이었다. 방호복의 머리 부분에는 플라스틱 비즈가 박혀 있었고, 몸통 부분에는 일명 조폭 문신이라 불렸던 이레즈미 문신을 한 것처럼 새빨간 잉어가 원색으로 존재감을 뿜내며 그려져 있었다. 준이 말없이 돌아서려 했는데, 민이 준을 잡아챘다.

(혹시 닉네임 내향형인간 아니에요?)

얇아진 지갑 사정만 아니었더라도 준은 민과 함께 살지 않았을 것이다. 발병 초기, 바이러스는 지위를 가리지 않고 사람들을 죽였다. 그러나 점점 시간이 지나면서 부자들은 집 안에 음압실을 만들어 놓고는 쌓아 놓은 식량으로 사태가 진정될 때까지 버텼다. 그러면서 동시에 파산한 기업들을 하나, 둘 인수했고, 생활이 정상 궤도로 돌아오게 되자 그들은 더욱 부유해졌다. 더불어 그들 중 일부는 방호복을 비싼 값에 정부에 공급하며 큰 이윤을 남겼다.

가난한 자들에게 점차 바이러스는 직접적으로든, 간접적으로든 치명적으로 작용했다. 준도 몇 번의 해고를 겪었다. 인구가 준 만큼 임금이 올라야 정상이었지만, 준과 같이 살기 위해 일을 필요로 하는 이들도 덩달아 넘쳐 났으므로 사장들은 그들의 절박함을 이용해 임금을 오히려 떨어뜨렸다. 민이 내건 조건은 평균적인 월세의 3분의 1이었으니, 준에게는 거절할 수 없는 매력적인 제안이었다.

준은 민과 함께 살면서 민과 가까워지기보다 거대한 장막을 중앙에 두고서 컴퍼스처럼 원을 그리는 것 같았다. 살아온 환경이 달라 그런 것일까? 준의 부모님은 일반적인 회사원이었으며 다른 이들처럼 바이러스로 인해 죽었다. 반면에 민의 경우는 다소 복잡했다.

과거 민은 알콜 중독 증세를 보이는 아버지와 단둘이서 살고 있었다. 어느 날 민의 아버지가 어디선가 중국인 여자를 데려왔고, 민은 반강제적으로 그녀와 바이러스가 세상을 뒤덮을 때까지 함께 지냈다. 중국인 여자는 눈치가 무척이나 빨랐다. 민의 아버지가 입맛을 다시기 시작하면 중국인 여자는 그가 맥주병 뚜껑을 따기도 전에 안주로 사천식 닭요리를 만들어 냈다. 민에게도 마찬가지로 행동했다. 지독한 사춘기를 지나던 민이 밀려오는 짜증에 도끼눈을 부라리려 할 때마다, 중국인 여자는 일찌감치 민의 시야에서 사라졌다가 한밤중에 재료들을 사 와서는 다음 날 아침 민이 좋아하는 떡볶이를 해놓았다.

민은 가끔 혼자가 되었던 순간을 준에게 말했다.

(바이러스 관련 뉴스를 보는데 세상이 드디어 멸망하는가 싶었지. 진심으로 그 소식이 반가웠어. 아버지는 술에 미쳐 있는데, 어디 출신인지도 모를 외국인 여자와 얇은 샌드위치 판넬을 하나 두고 산다고 생각해 봐. 누구라도 세상이 망하라고 기도할 거야. 미치지 않았던 것만으로도 다행이라 생각해. 그렇다고 아버지가 나나 그 여자를 건들지는 않았어. 그저 취해서 혼자 허공에 주절대는 게 전부였지. 다 끝났다고 반복해서 말했어. 지금 생각해 보면 그때는 그럴 수밖에 없었어. 세상이 천천히 침몰해 가는데, 누가 맨정신으로 있을 수 있겠어. 그때 내가 망상에 허우적거렸던 것처럼 아버지도 술 없이는 못 버텼겠지. 다 같이 미쳐가던 세상이었잖아. 세상과 같이 미쳐가지 않고서는 버틸 수 없었어. 그런데 그런 무시무시한 것이 세상에 나타났는데도 한 방에 모든 게 망하지는 않더라고.

한 날은 정부에서 구호 물품을 집마다 나눠주고 있었어. 감염의 위험이 있으니 현관에 두고 자신들이 갈 때까지 나오지 말라는데, 머릿속에는 바이러스 같은 것은 떠오르지도 않았어. 놓고 간 음식 생각만 났거든. 이틀 동안 수돗물 말고는 아무것도 먹지도 못했는데, 뭐가 두렵겠어? 나는 그 외국인 여자랑 도어렌즈에 눈을 대고서 구호 물품을 기다렸어. 샌드위치 판넬 너머로는 아버지가 목을 부여잡고 신음을 내고 있었어. 술이 없어 부탄가스를 들이켰거든.

오후가 되어서야 방독면을 쓴 군인들이 문 앞에 상자 하나를 놓고 갔어. 그들이 시야에서 사라지자마자 나는 참지 못하고 곧장 문을 열었어. 상자를 집으려 했어. 그때 고개를 돌렸으면 안 됐는데. 오른편에는 얼굴도 몰랐던 이웃집 남자가 서 있었어. 머리는 한동안 자르지 않아 산발이었고, 눈이 풀려 있었지. 네가 만약 할로윈 코스튬으로 그 남자를 똑같이 따라 한다면 난 곧장 자지러질지도 몰라. 아직도 그 남자가 나오는 꿈을 꿔. 십 년도 더 지났는데 말이야. 남자는 나를 보더니 집 쪽으로 달려왔어. 나와 내 구호 물품을 노린 거겠지. 나한테 어떤 짓을 해도 잡히지 않았을 거야. 경찰들도 바이러스로 다 죽어버린 마당이었으니까. 나는 그를 막을 수 없다고 느꼈어. 한동안 먹지 못해 굶주려 있었고, 덩달아 몸도 약해졌으니. 꼼짝없이 죽는다고 생각했어. 마치 횡단보도를 건너려 하는데, 눈앞에 덤프트럭이 채 두 발짝 거리에서 다가오고 있는 것처럼.

그런데 그 외국인 여자가 남자를 향해 뛰어가는 거야. 여자는 뒤도 돌아보지 않았어. 여자는 남자와 뒤엉키다가 넘어졌고, 나는 곧장 문을 닫아 잠갔어. 바깥에서 무언가 벽에 짓이겨지는 소리가 들렸는데, 나는 귀를 막았어. 속으로 이건 사실이 아니다. 원래 모르는 사람이다. 바깥에서는 이미 수많은 모르는 사람들이 죽어갔는데, 그동안 내가 슬퍼하지는 않았던 것과 다를 게 없다고. 그 여자와 내가 2년 동안 나눈 단어라고는 '밥.'이 전부였으니까. 무슨 소리라도 들릴까 봐 속으로 소리를 냈어. 남자는 잠시 문을 두들기다가 돌아갔어. 아마 굳이 내 것까지 빼앗을 필요는 없었을 거야. 구호 물품이 도착했을 때 문을 열지 않은 집이 더 많았거든.)

민은 눈을 감고서 고개를 한 바퀴 빙 돌렸다. 준은 그 모습이 소름이 끼쳐 알코올팩을 쉴 새 없이 필터에 끼웠다. 민이 말했다. (차라리 그때 죽었으면 하고 생각해.) *그러면 더는 인간이 인간이 아닌 상황은 보지 않았을 테니까*, 하고 둘은 동시에 생각했다.

(난 살아 있을 자격이 없어.) 민은 자주 그리 말했다. 준은 민의 그러한 말을 우울증의 일환이라 생각했지만, 한편으로는 살아 있을 자격은 누가 부여하는 것인지 의구심이 들었다. 바이러스가 사람을 골라 죽이는 것은 아니었을 테니. 민은 술에 취해 바닥에 가로누운 상태로 말했다.

(내가 봤을 때 신이 있다면 가장 천재적인 사디스트야.)

둘의 직업적 특성도 둘의 거리감에 한몫했다. 준은 방호복 필터의 성능을 연구하는 기업의 외판원이었지만, 민은 방호복을 리폼하는 디자이너였다. 정부는 민의 활동을 불법이라고 못을 박았지만, 그리 심하게 단속할 수는 없었다. 그것을 관리 감독 할 공무원들도 바이러스로 모조리 죽어버렸기 때문이다. 정부는 바이러스가 발병하기 전 타투처럼 어느 정도 용인가능한 선에서 방호복 리폼을 눈감아 주었다.

지하 클럽에서 활동하는 이들에게 민의 작품은 꽤 인기가 많았다. 그들은 자신들을 패션을 포기하지 않은 소위 '그루밍족'이라 불렀다. 가끔 집으로 찾아오는 그들을 볼 때면 준은 바이러스를 직접 눈으로 본 듯이 놀랐다. 그들의 몸통 부분에는 원이나 사각형이 이어지는 기하학적 무늬나 예수나 부처의 얼굴이 그려져 있었고, 머리 부분에는 민과 마찬가지로 화려한 플라스틱 비즈나 수탉처럼 붉은 볏이 달려 있었다. 얼핏 보면 90년대 말 헤비메탈 그룹처럼 보이기도 했다. 그러나 그들은 생김새에 어울리지 않는 순박한 말투로 민을 찾았고, 집을 나가면서도 준에게 부족한 민을 잘 부탁한다며 너스레를 떨곤 했다. 민은 자신의 방에서 날카로운 바늘로 외줄을 타듯이 그들의 방호복에 장식을 달거나, 그림을 그렸다.

그렇게 서로 달라서 그런 것일까?

준은 생각보다 덤덤한 자신에게 놀랐다. 아내와 아이를 한꺼번에 화장장으로 보내고 온 준의 회사 과장은 하늘이 무너져 내리는 것 같다고 했다. 그의 아내와 아이는 방호복 필터를 집에서 갈다가 바이러스에 감염되었다. 확실하게 필터를 끼워야 하는데, 그만 필터를 헐겁게 끼워버리고 만 것이었다. 그러나 보험사에서는 과장에게 사망 보험금을 지급하지 못하겠다고 했다. 과장이 이유를 묻자 가족들이 일부러 그랬을지도 모른다고 했다. 과장이 말했다. (죽을 사람들이 아니라니까요.) 보험 담당자는 냉정했다. (그건 아무도 모르죠. 이런 세상에서 사느니 차라리….)

그날 이후로 과장은 손에서 전화기를 놓지 않았다. 틈만 나면 보험사에 전화를 했고, 인터넷에 글을 썼다. 그러다 3일 차에 과장은 핸드폰을 벽에다 던지고는 직접 보험사를 찾아갈 것이라며 하루, 이틀을 연달아 결근하더니 얼마 지나지 않아 사무실에서 그의 자리가 사라졌다.

준은 자연스럽게 그를 이어 과장이 됐다. 사람들은 돈이 사람을 바꿔 놓았다면서 은근히 떠난 과장을 조롱했다. 과장이 해고된 지 며칠 지나지 않아 그가 죽었다는 소식이 들려왔다. 자기 방호복에 라이터로 구멍을 냈다고 했다. 준은 과장이 왜 방호복에 구멍을 냈는지는 이해했으나, 민의 경우는 전혀 이해할 수가 없었다.

한 달 전부터 민은 몸을 긁기 시작했다. 그때 민은 어느

기업 대표의 아내가 자선 파티에 입고 갈 의상을 만들고 있었다. 돈 좀 만지는 사람들이 모이는 파티였으니, 단연 돋보여야 했다. 민은 머리 부분에 빛을 반사하는 도료를 바르고는 이어서 어깻죽지 부분에 다이아몬드를 촘촘히 박아 넣었다. 몸통에는 로마인들이 입었을 토가를 형상화한 곡선을 그려내고는 마지막으로 발 부분을 로마식 샌들로 마무리하려 하던 중에 민에게 간지러움이 찾아왔다.

민이 몸을 긁어대는 모습은 마치 다큐멘터리에서 봤던 원숭이처럼 보였다. 준은 처음에 땀띠 때문일 것으로 생각했다. 땀띠는 방호복을 입고 있는 사람이라면 누구나 겪게 되는 만성적인 질환이었다. 준이 민에게 해줄 수 있는 조치라고는 민의 통풍 장치를 손봐주고, 땀띠약을 방호복 안으로 밀어주는 것이 전부였다. 민은 준의 조치를 고마워하면서도 몸에서 손을 떼지 못했다.

한날은 긁는 소리에 준이 잠에서 깼다. 벅벅. 마른고기를 손톱으로 긁는 것 같은 소리였다. 준은 침대에서 일어나 빛이 새어 나오는 화장실로 걸어갔다. 무언가 하얀 것이 이리저리 허공을 오가고 있었다. 화장실 작은 틈 사이로 민이 몸을 긁고 있는 모습이 보였다. 숨을 헐떡이던 민은 준을 보고는 말했다.

(벌레가 기어다니는 것 같아.)

나노미터의 바이러스도 못 뚫는 방호복을 벌레가 뚫고

들어가는 일은 불가능했다. 무슨 소리냐며 말도 안 된다고 준은 민의 말에 반문했지만, 민에게 준의 말은 들리지 않았다. 민은 방호복 유리막까지 손으로 긁어댔다. 금방이라도 유리막이 파열음을 내며 깨질 것만 같았다. 준이 민의 손을 잡아챘다. 민은 준의 손을 뿌리치려 몸부림쳤지만, 준을 힘으로 이겨낼 수는 없었다.

만약 준이 수면 가스를 제때 투입하지 않았더라면 민은 그때 방호복이 찢어져 죽었을 것이다. 아니, 그때 민은 이미 죽어 있었을지도 몰랐다. 최근 진화를 거듭한 바이러스는 한동안 아예 증상을 보이지 않고 있었다. 그래야 더 많이 퍼졌고, 더 많이 감염시킬 수 있었으니까. 그것 또한 살아남기 위해 발버둥치고 있었다.

지난 한 달 동안 준은 잠을 제대로 자지 못했다. 민은 새벽마다 제 몸을 긁어댔고, 준은 걸핏하면 잠에서 깼다. 극한의 고통 끝에 가려움이 아슬하게 발을 걸치고 있는 것 같았다. 아무리 긁어대도 사라지지 않는 가려움에 민은 점점 미쳐갔다. 벽에 몸을 비볐고, 방호복을 찢어댈 듯이 손톱을 날카롭게 세웠다. 긁지 못하게 손을 잡아채면 물건을 던지고, 소리를 질렀다. 결국 준은 민을 침대에 구속해야 했다. 민은 몸부림을 치며 구속을 풀어달라고 했다. 준은 날뛰는 민을 가만히 지켜보았을 뿐이다. 끝내 민은 차라리 죽여달라며 준에게 빌었다.

제발 여기서 날 꺼내줘.

준은 지난날들을 떠올리며 병원 정문을 서성였다. 김이 사라지지 않는 유리막을 보며 온도 조절 장치를 갈아야겠다고 생각했다. 숨을 작게 들이마시고, 내쉬었다. 김을 최대한 제거하려 했다. 앞이 보이지 않아 한동안 가만히 멈춰 서 있었다. 유리막이 어느 정도 옅어졌을 때 고개를 돌려보니 한 사내가 준의 옆에 서 있었다. 방호복 탓에 누가 옆에 오는 것을 알아차리지 못했다. 사내가 준에게 말했다. (누가 돌아가셨나 보군요.) 사내는 방호복 위로 검은 상복을 입고 있었고, 왼팔에는 두 줄짜리 완장을 차고 있었다. 그 위로 엉성하게 맨 넥타이는 목을 매단 시체의 밧줄처럼 바람에 따라 흔들렸다. 준이 고개를 끄덕이자 사내는 주머니에서 무언가를 꺼냈다. 담배였다. 준은 거절했다. 오늘날 담배는 니코틴이 포함된 수증기만 뿜어내는 기포 발생기에 불과했다.

준이 고개를 흔들자 사내는 담배에 불을 붙이고는 유리막 옆에 난 작은 구멍에 꽂았다. 사내가 숨을 크게 들이마시자 연기가 사내의 방호복 안으로 들어섰다. 방호복 안이 완전히 담배 연기로 가득 찼다. 〈Arrival〉이라는 영화에서 안개 속에서 인간과 대화를 시도하는 외계인 같았다. 사내가 담배 연기를 들이마시자 얼굴을 잠시 드러냈다. 눈썹이 짙었고, 입술이 두꺼웠다. 많이 굴러 이끼가 끼지 않은 돌 같은 인상을 풍겼다. 지쳐 보이는 얼굴을 한 사내가 준을 향해 물었다. (장례는 어떤 식으로 치르실 겁니까?) 준은 고개를 저었다. (잘 모르겠습니다.) 사내가 이어 물었다. (돌아가신 분과 관계가 어떻게 됩니까?) 민과의 관계를 잠시 고민하던 준이 말했다. (동거인입니다.) (돌아가신 분 종교가?) 준은 빤히 사내를 쳐다보았다. 사내는 연신 연기를 뿜어대며 준을 바라보았다. 준이 말했다. (모릅니다.) 사내는 준의 대답에 숨을 크게 들이쉬며 연기를 들이마셨다. 필터를 통해 수증기가 뿜어져 나왔다. 사내는 병원 쪽을 곁눈질하며 말했다. (지긋지긋합니다.) 준은 순간 뭐가요, 라 물으려 했지만, 묻지 않았다. 대화가 길어질 것 같았다. 병원에 온 사람치고 사연 없는 사람은 없었다. 이야기를 길게 늘어놓다 보면 한, 두 시간은 금방일 것이다.

준의 몸은 땀으로 범벅이었다. 얼른 집에 가서 호스를 방호복에 매달고는 몸을 씻어내고 싶었다. 그러나 사내는 준의 표정이 연기에 가려져 그런 것인지 눈치 없이 계속해서 말을 이었다. (주변 사람들이 죽으면서 온갖 방식으로 장례를 지냈습니다. 찬송가도 불러보고, 천도재도 지내봤습니다. 귀신을 위로한다며 굿도 해봤고요. 방호복 입은 무당이 작두 타는 걸 본 적 있습니까?) 사내의 웃음소리에서는 전혀 웃음기가 느껴지지 않았다. (신기하게도 덧신에 구멍은 안 나더군요.) (그래서 하시고 싶은 말씀이 뭡니까?) 준은 이야기를 더 이어 나가고 싶지 않았다. 고깝게 들릴 수도 있을 질문이었다. 그저 일 있다거나, 장례 준비로 바쁘다고 말하며 지나칠 수도 있었지만, 준은 무엇보다 사내의 태도가 마음에 들지 않았다. 병원에서 나온 사람에게 괜히 오지랖이라니. 무심하다 해도 준은 슬프지 않았다 뿐이지 피로에 몸이 녹진했다.

사내는 물끄러미 준의 얼굴을 보았다. 여드름이 불긋하게 이마에 올라와 있었고, 턱은 수염으로 덥수룩했다. 사내가 말했다. (사실 해방된 기분입니다.) 준은 사내와 처음으로 눈을 마주쳤다. (방금 저를 아는 모두가 죽었습니다.) 사내는 또다시 담배에 불을 붙이고는 구멍에 꽂았다. 입을 오므려 공기를 빨아들였다. (저도 누군가의 아버지, 남편, 아들, 선배이자 후배였습니다.) 연기가 방호복 안을 가득 채웠다. 준의 입이 바싹 말랐다. 혀를 뱀처럼 날름거렸다. 준은 질식할 것 같은 분위기에 말머리를 돌렸다.

준은 완벽하게 바이러스를 처치할 방안을 찾았다는 정치인에 관해 이야기했다. 사내가 말했다. (그분이라면 저도 들은 적이 있습니다. 엄청난 크기의 음압실을 만든다죠.) 준은 만약 바이러스가 아주 소량이라도 그곳으로 뚫고 들어간다면 그곳에 사람을 모아 놓고 핵폭탄을 터뜨리는 꼴이라며 비아냥댔다. 사내는 주제에는 맞지 않는 전혀 다른 말을 했다.

(원래 인간은 가죽을 덮고 살지 않습니까? 그때는 답답해 하지 않았으면서 왜 이걸 입으면서는 그리 답답해 하는지.) 준이 고개를 끄덕였다. 다시 병원 안으로 들어가려는 사내를 이번에는 준이 붙잡았다. (어떻게 하실 겁니까?) 사내는 고개를 돌리다가 천천히 말했다. (모릅니다. 살 사람은 살아야 하지 않겠습니까.) 사내는 병원 안으로 눈짓했다. (장례 준비를 해야 하겠습니다.) 사내는 병원 안으로 들어갔고, 준은 물끄러미 화장터 굴뚝에서 피어오르는 연기를 보았다.

준은 집으로 가는 길, 버스 창에 머리를 기대고는 오늘 아침 상황을 떠올렸다. 다른 날처럼 민의 긁는 소리에 깼다. 민은 알아들을 수 없는 말을 중얼거리고 있었다. 이제는 혀가 뭉개져 무슨 말을 하는지 제대로 들리지 않았다. 그러다 엎드린 상태로 깜빡 잠에 들었는데, 눈을 뜨니 늦은 아침이었다. 오랜만에 늦잠을 잤다.

그런데 침대에 민은 없었다. 준은 집 안을 헤매다가 작업실에서 민을 찾을 수 있었다. 민이 작업실 한가운데에 서 있었다. 그런데 본래 자신이 입고 있던 방호복이 아닌 전혀 다른 방호복을 입고 있었다. 방호복은 온통 붉은색이었다. 방호복을 가득 메운 검은 빨강에 준은 눈을 뗄 수가 없었다.

그러나 그것은 준의 착각이었다. 방호복에 이어 서서히 바닥을 적시는 붉은 액체는 물감이 아니라 민의 피였다. 민이 심하게 몸을 긁어대는 바람에 피부가 떨어져 나가 피가 쏟아지고 있었다. 준은 즉시 민을 차에 태워 병원으로 데려갔다. 의사는 뜻밖의 말을 했다.

(최소 한 달 전에 방호복에 구멍이 뚫려 있었습니다. 구멍 직경이나 뚫린 방향으로 보아 본인 스스로 방호복에 구멍을 낸 것으로 보입니다.)

신흥종교와 관련되었던 걸까. 준은 뉴스에서 그들을 본 적 있었다. 그 종교 신자들은 3년 전 광장에서 집단으로 자살했다. 티베트 승려처럼 몸에 기름을 붓고 불을 붙이거나, 미시마 유키오처럼 배를 갈라 스스로 내장을 꺼내는 것 같은 충격적인 장면은 아니었다. 그저 그들은 광장에 모여 통성 기도를 하다가 일제히 자신들이 입었던 방호복을 찢었다. 땅에 떨어져 갈변한 목련처럼 하얀 방호복 사이로 거멓게 땀으로 짓무른 그들의 피부가 드러났다. 그들은 통성기도를 이어갔고, 몇 시간이 채 지나지 않아 모두 피를 토하고 죽었다.

그들의 교주는 지리산 암자에서 불교식 위빠사나 수행을 하다가 신의 계시를 받았던 목사였다. 작은 키에 코에 얼룩 반점이 있던 교주는 세상에는 이미 종말이 찾아온 상황이며, 이 상황을 받아들여야만 믿음을 실현할 수 있다고 주장했다. 쉽게 말하자면 바이러스에 감염되어 죽어야만 천국에 갈 수 있다는 것이었다. 이 시험만 통과하면─그들의 표현을 빌리자면─젖과 꿀이 흐르는 땅에서 하나님을 섬기며 아담과 이브의 삶을 살 수 있다고 했다. 가족, 친구, 사랑하는 이를 잃은 사람들은 바이러스로 죽은 이들이 고통이 없는 에덴동산에서 살고 있다는 교주의 말에 매료되었으며, 순식간에 그 교세가 늘어났다.

전도 방식은 간단했다. 한 사람이 다섯 명에게 포교에 성공하면, 포교에 성공한 자는 스스로 방호복을 찢고 바이러스에 걸려 죽는다. 그렇다면 교주는 어떻게 되었는가? 결론부터 말하자면 그는 죽지 않았다. 지상에 살아 있는 모든 이들을 구원에 이르게 하라는 사명을 받았기 때문이라 했다. 죽음을 받아들인 사람들은 교주에게 전도 비용을 대기 위해 전 재산을 바쳤으며, 교세가 증가할 때마다 그의 방호복은 0.01밀리 콘돔을 생산하던 회사가 만든 최신 기술을 사용하며 더욱 얇아졌다. 교주는 바이러스 창궐 전 에로 배우처럼 나체로 돌아다녔다.

민도 그 종교를 믿었던 걸까? 주변 사람 다섯을 포교하여 죽었던 걸까? 그도 아니면, 단순히 간지러움 때문에? 만약 민이 그 종교를 믿었더라면 준에게 전도조차 시도하지 않았던 것은 왜일까? 준이 넘어올 것 같지 않아서였을까?

준은 그 어떤 것도 확신할 수 없었고, 알 수 없었다. 방호복에는 최소 한 달 전에 구멍이 뚫려 있었고, 그 구멍을 만든 민은 죽었다. 그것만이 명확한 사실이었다.

준은 민의 장례식을 치르지 않았다. 준이 가진 돈으로는 열 명이 겨우 들어가는 작은 빈소조차 구할 수 없었다. 죽은 사람은 많았고, 빈소는 한정적이었다. 장례식장을 예약하지 못한 준과 같은 사람들은 지인들에게 부고 전화를 돌리며 수화기 너머로 들려오는 저마다의 곡소리를 들어야 했다. 직접 만나 소식을 전한다고 해도 옛날처럼 술을 마시거나 고스톱을 치지는 못했고, C사에서 만든 블록 커피를 필터에 끼우고는 서로 안부를 묻다가 헤어질 뿐이었다.

결혼식 청첩장을 보낼 때처럼 부고 소식을 알리는 데도 신중했다. 5년간 함께 살았다고 하더라도 준은 그간 민의 지인과 함께 어울리거나 하지 않았다. 하루를 꼬박 고민만 하다가 준은 민의 핸드폰에 있던 주소록 모두에게 민의 죽음을 메시지로 알렸다. 대부분은 답장조차 하지 않았고, 일부는 삼가 고인의 명복을 빈다는 문자를 보냈으며 소수만이 민의 핸드폰으로 전화했다. 그들과의 전화 통화는 대체로 이런 일을 상상조차 못 했다는 판에 박힌 말들로 시작되어 울음으로 끝났다.

통화 중 준은 자주 불편함을 느꼈다. 그들은 민과의 추억을 곱씹었으나 준은 얼굴 한 번 본 적 없는 그들의 슬픔을 온전히 받아들일 수는 없었다. 침묵이 산발적으로 이어졌고, 말은 겉돌았다. 끝내 민의 장례를 치르지 않는다는 준의 말에 그들은 대개 입을 다물었다. 민의 디자인을 열렬히 사랑했다던 한 여자는 준에게 이런 말까지 했다. (그렇게 살지마요.) 준은 그녀의 말에 어찌 대답해야 할지 망설이다가 대답했다. (알겠습니다.) 그러나 그녀는 준이 미처 대답을 마치기도 전에 전화를 끊어버렸다.

민이 남긴 연락처에는 이름이 '.'으로 등록된 번호가 하나 있었다. 망설이던 준은 그 번호로도 민이 죽었다는 내용의 문자를 남겼고, 어떤 남자가 민의 휴대전화에 전화를 했다. 그는 자신을 민의 전남편이라 밝혔다. 준은 그제껏 민이 결혼했었다는 사실을 알지 못했다. 마침 민의 유품을 어떻게 처리해야 할까 고민하던 중이었다. 준은 남보다는 그래도 한때 가족이었던 사람이 유품을 가져가는 것이 좋을 것 같다고 생각했다.

둘은 다음 날 오후 두 시에 신촌 스타벅스에서 만났다. 엘튼 존이 키보드에 왼손을 올린 상태로 오른손을 들어 올리자 노래가 끝났고, 영상은 1980년대 일본 시티팝으로 넘어가 한때 찬란했던 도쿄 중심가를 비추었다. 노래도, 영화도, 모든 예술이 바이러스 전에서 멈췄다. 세계는 끊임없이 과거의 날들을 고장 난 카세트테이프처럼 되풀이했다. 퀸의 노래가 다시 빌보드에 차트인했고, 〈기생충〉이 박스오피스에 재진입했다. 평론가들은 평론에 평론을 쓰며 저들끼리 고립된 상아탑을 만들어 갔다. (그 당시에는 말입니다.) MC들의 서두는 항상 과거를 회상하는 것으로 시작되었으며 모두가 과거를 떠올렸다. 지긋지긋한 이 합성섬유 피부를 두르지 않았을 때를 말이다.

민의 전남편이 말했다. (어떻게 잘 지냈어요?) 그가 준의 근황을 물은 것은 아닐 테고, 민이 죽기 직전 어떻게 살았냐고 묻는 것으로 준은 이해했다. 준이 대답했다. (어느 정도는요.) 준의 대답에 그는 고개를 끄덕이더니, 주머니에서 뭔가를 꺼내 건넸다. 결혼식 사진이었다. 준은 사진 속에서 유리막으로 가려지지 않은 민의 얼굴을 보았다. (민이랑 찍은 마지막 사진이에요.) 준은 민의 유품을 그에게 건넸다. 작은 라면 박스에 모두 담아 놓은 상태였다. 대부분 바늘과 실, 인공 비즈와 페인트같이 민이 방호복을 리폼할 때 쓰던 도구들이었다. 준이 말했다. (당신이 가지길 원할 거예요.) 그가 고개를 저었다. (안 가져갈래요.) (왜요?) (내가 가지면 싫어할 게 분명해요.)

그는 민과 관련된 이야기를 이어갔다. 민에게서 들은 적 없는 이야기였다.

✳

　바이러스가 발병하기 직전, 민은 간호조무사 자격증을 따고는 요양병원에 취직했다. 그녀는 언제 죽어도 이상하지 않은 늙은 환자들의 수발을 들었다. 그들의 배설물을 닦아내고, 들려오는 온갖 욕설에 고개를 조아렸으며, 치매 환자에게 머리채를 잡히기도 했다. 죽음에 점차 무뎌져 갔다. 그들은 버려진 사람들로 의사도, 간호사도 심지어는 그들의 가족조차도 그들의 죽음에 무덤덤했다. 오열하는 이들도 있었으나, 끝내 그들이 생전에 입었던 옷은 찾아가지 않았다. 버려 주세요. 장손이라던 남자는 그렇게 말했다. 장손의 어머니는 시도 때도 없이 아들이 잘 있냐며 간호사들을 괴롭혔다. 민은 처음에 잘 있다며 질문에 꼬박꼬박 대답하다가도, 시간이 지나자 다른 선배들처럼 대답하지 않게 되었다. 죽은 노인들의 옷은 다른 노인들에게 갔고, 그들이 죽으면 또 다른 노인들에게 갔다. 옷이 해질 무렵에는 걸레로 쓰이다가 버려졌다.

　어느 날 바이러스가 퍼졌다. 상황이 점차 심각해지자 의사는 직원들을 모아 놓고는 피신하자고 말했다. 말이 피신이었지, 도망이었다. 의사는 환자들은 가망이 없다며 직원들에게 병원에 남아 있던 마스크와 방호복을 나눠주었다. 민은 방호복을 가지고 나와 아버지와 외국인 여자와 함께 집에 틀어박혔다.

바이러스 창궐 초기에 사람들은 정부의 권고대로 집 안에 머물렀다. 시간이 지나자 전에 비축해 두었던 식량이 가장 먼저 떨어졌고, 수도 관리가 제대로 이어지지 않아 물도 끊겼다. 굶주림에 지친 사람들은 식량을 구하기 위해 사방을 돌아다녔다. 머리 부분에 구멍을 뚫고는 마스크를 두 장 겹쳐 구멍을 가렸다. 그러나 그런 조잡한 방호복으로는 바이러스를 막을 수가 없었다. 시체는 거리에 널려 있었고, 시체를 뜯을 조류들마저 바이러스에 감염되어 벌레들만이 날카로운 이빨로 비닐을 뚫고서 날뛰고 있었다.

시간이 지나 아버지와 외국인 여자가 죽었고, 민은 혼자가 되었다. 민은 밭을 가진 전남편과 결혼했다. 나이 차이가 상당했으나, 먹을 것이 부족했던 민에게 달리 선택권은 없었다. 다행히 시골이라 상황이 그나마 괜찮았다. 먹을 것이 땅에서 자라고 있었고, 사람이 얼마 없어 도시와 비교해 감염이 잘 이루어지지 않았다.

민의 전남편은 민이 자주 눈이 파 먹힌 시체들을 떠올렸다고 했다. 민은 곤충들이 가장 먼저 사람의 눈을 먹는다는 사실이나, 시체의 부패 정도에 따라 어떤 파리가 몰려드는지를 알고 있었다. 민은 밭에 방치된 두 모자의 시체를 매일매일 보았다.

그들은 먹을 것을 찾아 온몸에 종량제 봉투를 두르고서

도시에서 시골까지 걸어왔다. 외양은 거지와 다를 것이 없었다. 문을 두들겼지만, 주민들은 문을 열어주지 않았다. 심지어 몇몇은 그들을 쫓아내기 위해 옥상에서 뜨거운 물을 부어버리기도 했다. 그들이 마을에 전염병을 가져온다고 했다. 결국, 아이 엄마가 무밭에서 무를 서리해서 먹다가 공기총에 맞아 죽었다. 혼자 남은 아이는 죽은 엄마 옆에서 울다가 답답했는지 얼굴을 감쌌던 비닐봉지를 벗었다가 바이러스에 감염되어 따라 죽었다. 그들은 천천히 썩어갔고, 민은 그것을 매일 같이 보았다. 하루, 이틀, 삼일. 시간이 지났으나 누구도 시체를 거두지 않았다. 밭 주인은 그들이 완전히 썩기를 기다리고 있었다. 제때 수확하지 못한 무들도 시체와 마찬가지로 썩어가고 있었다. 문만 열면 악취가 심하게 났다. 민은 현관문에 비닐을 발라 냄새를 막으려 했으나 그다지 효과는 없었다. 시체는 6개월 만에 완전히 썩어 백골이 되었고, 이장이 비료 포대에 뼈들을 추려 포대 째로 숲에 묻었다. 무밭에는 고구마가 심겼다. 대표적인 구황작물이었던 고구마는 있는 힘껏 뿌리를 키웠다. 밭 주인은 심이 굵은 고구마를 보며 웃었고, 마을 사람들은 나눠 받은 고구마를 멸균 처리 후 방호복에 생것 그대로 욱여넣고는 씹어 삼켰다.

　민의 전남편도 집에 고구마 한 자루를 가지고 왔다. 모두 알이 굵고, 실했다. 그는 민의 눈앞에서 팔뚝만 한 것을 하나 집어 들더니 반으로 갈랐다. 태어난 지 백일 채 되지 않은 아이처럼 고구마의 속살은 하얬다. 민은 거칠게 전남편의 손에서 고구마를 뺏어 들고는 바닥에 내던졌다. 전남편이 왜 그러냐고 묻자, 민은 꼭 고구마 속살이 죽은 아이와 엄마의 백골처럼 느껴진다고 했다.

어느 정도 사태가 진정되자, 민의 전남편은 농작물을 도시에 내다 팔았다. 모두가 먹고살기 벅찼던 상황이라 민의 전남편은 많은 돈을 벌었다. 그러나 민은 방에만 틀어박혀 있다가 어느 날 농산물 가격 협의 회의장에 나타나 민의 전남편을 비롯해 살아남은 마을 사람들을 인간이 아니라며 욕을 퍼붓고는 갑작스레 시골을 떠나버렸다.

이야기를 듣고 나서도 준의 의문은 풀리지 않았다. 민의 전남편은 크게 한숨을 내쉬며 말했다. (도저히 거기에 있을 수가 없었던 거겠죠. 워낙 일들이 많았던 장소니까요.) 준이 물었다. (그럼 왜 하필 여기 와서 하게 된 일이 방호복 리폼이었을까요?) 민의 전남편이 고개를 저었다. (몰라요. 살아남은 사람들이 미워서 바늘로 방호복에 구멍이라도 내고 싶었나 봐요. 근데 이제 알 수 없죠.) 준이 다소 적대적으로 물었다. (왜요?) 민의 전남편이 고개를 숙였다. (그야 민이 멀리 가버렸으니까요.) 민의 전남편은 유리막 앞으로 손으로 쓸어내렸다. 그러면 자기 얼굴을 쓸어내린 것과 마찬가지라는 듯이. 민의 전남편이 울먹이는 목소리로 말했다.

(그때 우린 인간답게 죽어야 했을까요? 근데 솔직히 인간다운 게 뭔지 모르겠어요.)

민의 전남편은 민의 유품을 들고 어정쩡하게 서 있던 준에게 마지막까지 잘 처리해주길 바란다 말하고는 카페를 떠났다.

준은 자기 손에 들린 민의 유품과 민의 전남편의 뒷모습을 번갈아 보았다. 커피잔이 바닥을 보였음에도 준은 한동안 자리를 지켰다. 그러다 자리를 찾는 한 무리의 사람들을 보고는 카페 밖으로 나왔다. 적잖이 많은 인파가 거리를 돌아다니고 있었다. 거친 숨 쉬는 소리가 사방에서 들려오고 있어 귀를 막았으나, 정작 가장 크게 들리는 소리는 준, 자신의 숨소리였다.

집으로 바로 돌아가고 싶지는 않아 준은 오래도록 걸었다. 걷다 보니 사람 살지 않는 버려진 건물들이 보였다. 창문이 부서져 있었고, 안에는 쓰레기들이 나뒹굴고 있었다. 벽에 낙서할 비행 청소년들도 없어 그야말로 계곡이나 산처럼 그저 자연적인 풍경으로 느껴졌다. 다시 걷기 시작했다. 개발된 적 없고, 앞으로도 개발될 일이 없는 들판이 나타났다. 들판 뒤로는 작은 실개천이 흐르고 있었다.

준은 주변을 살피고는 실개천 앞에 쭈그려 앉았다. 회색빛을 띠고 있던 물은 각종 생활 폐수로 오염돼 허연 거품이 둥둥 떠다니고 있었다. 방호복이 아니었더라면 악취가 심히 났을 것이다. 준은 코를 벌렁거리며 느끼지 못할 냄새를 쫓았다. 그러다 민의 유품을 개천에 모조리 쏟아부었다. 물감통이 벽에 부딪혀 깨지면서 물감이 서로 섞였다. 완전히 검게 변한 물은 아래로 흘러갔다. 붓과 바늘도 그 뒤를 따랐다. 그 순간 준은 자신의 방호복에 구멍을 내고 싶은 충동을 느꼈다. 발등을 살살 손톱으로 긁는 것 같은 간지러움에 준은 지긋이 다른 발로 발등을 밟아야 했다.

집으로 돌아온 준은 기계에 연결된 호스를 방호복 필터에 장착했다. 정제된 물이 필터로 들어서더니 서서히 방호복을 채워갔다. 물은 금방 목까지 차올랐다. 준은 고개를 치켜들고는 숨을 깊게 들이마시고는 머리가 잠기기 직전에 숨을 참았다. 물은 준의 방호복을 크게 부풀렸다. 부풀어진 방호복은 점점 원형에 가까워졌다. 준은 그 속에서 해파리처럼 흐느적거렸다. 생각이 불쑥 튀어 올랐다.

(여기에 갇힌 건가?)

한 번 떠오른 생각은 쉽사리 사라지지 않았다. 방호복은 계속해서 늘어났다. 숨이 턱하고 막혔다.

　(안다고 달라지는 것이 있을까?)

　준은 물속에서 몸을 비틀었다. 입에서 공기 방울이 빠져나와 방호복 내부를 겉돌았다. 준은 필터에 꽂힌 호스를 뽑으려다 바닥에 넘어졌다. 물은 아이 오줌 누듯이 천천히 빠져나갔다. 준은 물이 빠져나간 공간에다 가까스로 코를 들이밀고는 천천히 호흡했다. 방호복은 노인의 늘어진 피부처럼 욕실 바닥에 늘어진 채로 널브러져 있었다. 준은 구멍 하나 없는 방호복을 더듬으며 모든 것과 멀어져 가는 기분을 느꼈다.

　민과 자신은 물론, 다른 사람과 세계 전체와도.

망자를 위한 땅은
없다

2023년 <과학동아> 1월호 수록

"태양 폭발을 두 눈으로 마주하세요!"

핍은 호객꾼의 외침이 쓸데없다고 생각했다. 좌석은 이미 만석이었다. 특히나 태양을 정면으로 마주한 42-31 소행성에는 사람들이 바글거려 발 디딜 틈도 없었다. 우주복 겉에 두른 레이스 장식들이 밀려온 태양풍에 나풀거리고 있었다. 티켓값만 해도 아파트 한 채는 살 수 있을 정도였다. 핍은 대체 어디서 저런 돈이 나오는지 궁금했다. 호객꾼은 프로그래밍된 안드로이드처럼 같은 말을 반복했다.

"이제 폭발까지 지구 시간으로 3분 57초 남았습니다!"

대우주 이주 시대에 바퀴벌레처럼 불어난 인류들은 우주에 있는 모든 골디락스 행성을 차지한 것에서 만족하지 않았다. 그들은 그들이 설 수도 없는 가스형 행성과 심지어는 항성까지 증권 형식으로 소유하고 거래했다. 화성과 목성 사이의 소행성 지대를 관람석처럼 만들어버린 것은 놀랄 축에도 끼지 않았다. 이 우주식 그리스 극장은 오직 태양 폭발이라는 한 사건만을 위해서 만들어졌다.

100억 년을 준비한 쇼라니.

핍은 눈물을 흘리고 있었다. 물론 어머니 지구, 아버지 태양의 종말이 불쌍해서 그런 것은 아니었다. 저 공간들은 핍의 아주 먼먼먼 따지고 보면, 인간과 아메바와 같은 거리감을 지닌 존재들이었다. 지구 탄생부터 인류가 만들어지기까지의 시간보다, 인류가 우주로 나가기 시작한 순간부터 태양이 멸망하는 지금까지의 기간이 더 길었다.

핍은 그저 안드로메다 산産 싸구려 선글라스를 끼고 있어 눈이 시렸을 뿐이었다.

긴 시간 동안 준비한 공연치고는 좌석 상태가 불량했다. 가장 저렴한 스탠딩 구역인 A231 소행성의 경우에는 소행성의 크기에 비해 지나치게 많은 사람이 서 있었다. 언제라도 목성 중력에 이끌려 추락해도 이상하지 않았다. 핍이 있는 B5569 소행성도 불안하기는 마찬가지였다. 기분 탓일지는 모르겠지만 아까 방송국 카메라가 이곳에 착륙하면서 궤도가 뒤바뀐 것 같았다. 좋은 자리를 구하고 싶었지만 핍은 이번만은 참기로 했다. 조금만 버티면 커다란 보상이 쏟아질 것이라 의심하지 않았다.

불쑥 소행성 아래에서 사람 하나가 튀어 올라왔다. 잡상인이었다. 그들은 공중부유장치를 활용하여 소행성 사이를 떠다니며 조악한 기념품이나 먹을 것들을 관광객들에게 팔았다. 환경관리국이 무얼 하고 있는지 알 수 없었다. 국립 공원에 불법으로 평상을 설치하고서 에우로파 심해 오징어 초무침을 팔아대는 이들을 때려잡느라 바쁜 모양이었다.

잡상인 하나가 멀리서부터 슬금슬금 핍을 향해 다가왔다. 그의 등에는 제트팩과 더불어 태양으로 보이는 동그란 조명봉 다발이 보였다. 그는 핍에게 다가와 중세 기사가 칼을 뽑듯이 조명봉 하나를 등에서 뽑아 핍에게 겨눴다.

"기념품 어떠세요?"

핍이 고개를 젓자, 그가 말했다.

"인류는 물론, 모든 생명체의 시작인 태양의 마지막이에요. 이 순간을 기념하시는 게 어떠신가요?"

핍은 조명봉을 받아 들고는 아래쪽을 살폈다. 그러고는 허탈하게 웃으며 대답했다.

"여기 보니까, '메이드 인 안드로메다'라 적혀 있는데요?"

핍의 반박에도 그는 전혀 주눅 들지 않았다. 조명봉을 핍의 목 쪽으로 겨누며 말했다.

"원료는 지구에서 가져온 거예요. 조립만 안드로메다에서 한 거고요."

핍의 무표정에 그는 능숙하게 말을 덧붙였다.

"더군다나 이 쇼처럼 한정판이에요. 앞으로 영원히 출시될 일이 없어요."

그가 태양 조명봉을 흔들자, 대가리에 달린 태양이 벌겋게 변하며 커지기까지 했다. 핍은 그의 말에 거의 넘어갈 뻔했다. 주머니에 손을 넣어 만지작거리는 핍을 보며 잡상인은 흐뭇한 미소를 지었다.

그러나 막상 핍의 주머니에는 돈이 한 푼도 남아 있지 않았다. 핍이 빈 주머니를 보이자마자 잡상인은 핍이 뭐라 말을 하기도 전에 다른 소행성으로 날아가 버렸다. 대신 핍은 손에 토지 증서 한 장을 쥐고 있었다. 핍은 허탈하게 그의 뒷모습을 바라보다가 토지 증서를 손에 꽉 쥐고서 생각했다.

이제 시작이야.

핍은 화성에 한 평 남짓한 땅을 가지고 있었다.

핍의 조상들은 하나 같이 땅에 집착했다. 이 같은 경향은 그의 시조 때부터 시작되었다. 그는 지구에 아주 작은 땅을 가지고 있었다. 대한민국이라는 아주 조그만 나라의 서울, 거기서도 여의도라는 더 작은 섬에 있는 낡아빠진 15평짜리 아파트를 시조는 대출을 내어 샀다. 자그마치 자기 월급을 한 푼도 쓰지 않고 이십 년은 모아야 갚을 수 있는 돈이었다. 그는 자신의 인생을 그 아파트를 위해 바쳤다. 대출금을 갚기 위해 매일 조금 먹고, 조금 자고, 조금 싸면서 일을 많이 했다. 다행히 땅값은 지구의 인구수에 비례해서 치솟았다. 큰돈을 벌게 된 그는 자기 생각을 점차 확고히 했다.

부동산 불패.

땅에 있어서는 불패 신화라 믿었다. 주식 시장이 고꾸라지고, 기업이 파산할 때도 땅값은 올랐다. 그는 평생 빚을 갚다가 과로로 죽었다. 그가 가진 자산은 상당했으나, 그의 집 부엌에서는 녹물이 나왔으며 마루는 15도나 기울어져 있었다. 그는 유언으로 '화성의 땅을 사라.'라는 말을 남겼다. 시조의 유언은 DNA처럼 대를 건너갔다. 그의 증증증손주는 달에 땅을 샀고, 또 그의 먼 후손은 수성, 금성 등 땅이란 닥치는 대로 사들였다. 중간에 소행성 충돌로 행성 하나가 반파하며 많은 돈을 잃기도 했으나, DNA만은 남아 묵묵히 전달됐다. 사람들은 일을 해서 땅을 샀고, 대출을 받아 건물을 올렸다. 선조의 지혜대로 그들의 가문은 이제 큰 부자가 되었다.

우주는 무한했지만, 토지는 유한했으니까.

이제 시대는 핍의 아버지에게 이르렀다. 아버지는 아주 어렸을 때부터 땅따먹기와 같은 고전 게임들을 즐기며 부동산 투자에 두각을 보였다. 할아버지가 돌아가시자 아버지는 형제 및 친척들과 나눈 유산으로 투자에 나섰다. 처음에는 투자한 땅에 우주물류센터가 들어서는 등 호재로 돈을 많이 벌었으나, 영혼까지 끌어서 투자한 글리젠 G334 행성이 갑자기 소형 블랙홀에 삼켜지는, 그 예상치 못한 악재 하나로 원금 대부분이 사라지고야 말았다.

핍의 아버지는 형제들에게 어렵게 십시일반 돈을 꾸었다. 그 얼마 안 되는 돈으로 다시 부동산 투자를 시작했다. 그러나 작은 투자금을 가지고서는 큰돈을 만질 수가 없었다. 결국, 핍의 아버지는 모든 자산을 정리해서 다시 태양계로 돌아왔다. 그리고 시조의 유언에 따라 인생 마지막 배팅을 했다. 그는 화성에 땅을 샀다.

태양 폭발로 화성 자체가 사라질 수 있음에도 말이다.

핍은 토지 증서에 적힌 아버지의 이름을 보며 냉동고에 놓아둔 아버지를 잠깐 떠올렸다.

3일만 기다리시지.

3일 전 사고가 발생했다. '구매하려는 물건은 꼭 두 눈으로 본다는', 가상현실이 현실을 압도하는 요즘 세상에 어울리지 않는, 아버지의 부동산 구매 철칙 때문이었다. 핍의 아버지는 태양계에서 가장 높은 산이라는 화성의 올림푸스산 정상에 올랐다. 아버지가 살 수 있는 땅은 정상에서 열 걸음 정도 떨어진, 한 사람이 간신히 누울 만한 곳이 전부였다. 그게 어디랴. 이 우주에는 자기 땅을 가지지 못한 사람이 대다수였다. 그나마 아버지가 본 매물도 화성 지각 변동으로 하루 전에 생긴 땅이라 했다. 빨리 채가지 않으면 다른 누군가가 분명 사 갈 것이었다.

아버지는 그 자리에서 계약을 진행했다. 사인은 거침없었고, 만족스러운 거래를 마쳤다. 산 정상에 오른 만큼 약간의 반주와 함께 식사를 마친 그는 중개인과 함께 기분 좋게 산을 내려갔다. 그런데 그만 발을 헛디디고 만 것이다. 그렇게 핍의 아버지는 만 킬로가 넘는 곳에서 떨어졌다. 중개인의 증언에 따르면 아버지 당신은 올림푸스산 한쪽 면을 거의 훑으며 내려갔다고 했다. 마치 19세기에 마차로 아메리카 대륙을 내달린 만큼의 땅을 받던 미국인들처럼 말이다.

슈트를 입고 있어 그런지 시신이 쪼개지는 그런 불상사는 없었다. 핍의 아버지는 지금 슈트를 입은 채로 화석처럼 냉동고에 보관되어 있었다. 장례를 치를 틈이 없었다. 화성이 태양에 먹히면 말 그대로 핍의 가족은 파산이었다. 장례는 일이 모두 끝나고 치르기로 했다.

아버지가 돌아가신 후에 토지 증서는 핍에게 상속되었다. 형제가 없어 다행이었다. 핍은 토지 증서를 곧장 팔아버릴까 하다가 말았다. 그 아버지의 그 자식이었다. 핍은 아버지가 나름 합리적인 판단을 내린 것이라 여겼다. 정말 만에 하나 화성이 태양 폭발에서 살아남는다면 가치가 사상 최대로 올라갈 것이다. '지구에 가까웠던 행성'으로 불리면서 말이다. 아주 먼 과거 일본 도쿄라는 도시가 그랬다는데, 아주 오랜 시간이 지나 핍이 확인할 길이 없었다. 화성 땅값은 아버지와 같은 투기꾼들에 의해 미치도록 치솟았고, 은하 연합정부에서는 반복해서 투자에 유의하라 공표했다. 그러나 경고를 귀기울여 듣는 사람은 없었다.

"제발!"

우주복이 두꺼운 탓에 사람들은 합장하려 손을 버둥거렸다. 핍도 마찬가지였다. 태양은 풍선처럼 커졌다가 줄어들기를 반복했다. 그에 맞춰 사람들은 울고 웃었다. 아버지와 같은 사람들이 핍 주변에 가득했다. 모두 태양계 행성 어딘가의 토지 증서를 손에 쥐고서 태양 폭발이 자신의 토지에는 미치지 않기를 빌고 있었다.

"아이고."

탄식이 들려왔다. 조금씩 윤곽이 드러나는 모양이었다. 수성에 토지를 가지고 있는 사람들은 그 자리에 주저앉았다. 수성의 경우에는 높은 위험성 때문에 정부에서도 매매를 법적으로 금지한 구역이었다. 자업자득이었다. 그들은 속아서, 혹은 시기를 놓쳐서 토지를 처분하지 못하여 돈을 날려버렸다. 그들이 할 수 있는 일이라고는 자리에 앉아 울거나, 태양을 향해 화내는 것이 전부였다. 핍에게는 크게 와닿지 않았다. 우주 공간이라 전파만 차단하면 아무런 소리도 들리지 않았다. 버튼 하나만 누르면 우주 공간에서는 타인과 완전히 단절될 수 있었다.

모든 생명체의 출발점.

인류의 어머니이자 근간.

핍이 보는 태양은 이제 이런 표현이 어울리지 않았다. 핍에게 지금 태양은 핍의 재산을 노리는 강도와도 같았다. 이글거리는 불덩이는 막 수성을 완전히 먹어치웠다. 이제는 몸을 늘려 금성까지 노리고 있었다. 화성과 태양의 거리는 서서히 좁혀지고 있었다.

핍은 아주 먼 과거 지구 신화 속 태양의 모습들을 떠올렸다. 아직 대기권 근처에도 가보지 못한 원시 인간들은 태양을 아가리를 크게 벌린 늑대나 눈이 뒤집혀 지구 대기를 내달리는 미치광이 신으로 여겼다고 했다. 거기서부터 수십억 년이 지났음에도, 핍은 태양을 보며 원시 인류들처럼 몸을 떨었다.

지금이라도! 핍은 토지 증서를 팔아버리고 싶은 충동을 느꼈다. 만약 태양이 화성을 삼켜버린다면? 핍은 모든 재산을 날려 먹고 우주 보이드에 내동댕이쳐질 것이다. 그곳에는 아무것도 없다. 사람은 말할 것도 없고, 물도, 공기도. 한줌의 땅도 가지지 못한 (더불어 세를 낼 돈도 없는) 이들은 그렇게 모든 것에서 차단되었다. 사실상 토지가 없다는 것은 죽은 것과 다르지 않았다. 핍은 42-99 소행성 뒤편을 힐끔거렸다.

소행성 뒤편에서는 거래가 아직도 활발히 이뤄지고 있었다. 그들은 실시간으로 태양의 상태를 보면서 증서를 사고팔았다. 어떤 사람들은 지구 쪽 땅을 거래하기도 했는데, 도저히 이해가 안 됐다. 과학 애널리스트들에 따르면 99.9퍼센트 확률로 지구는 태양에 먹힐 것이다. 핍은 전파를 맞추어 그들의 대화를 들어보려 했다.

이상한 소문이 나돌고 있었다. 정부가 소유권자에게 보상해준다고 했다. 보상 형태는 새로 만들어진 우주 공간 일부를 양도한다는 파격적인 조건이었다. 순간 핍도 마음이 혹했다. 그 말이 사실이라면 핍은 자기가 산 토지 증서와 맞바꿀 용의도 있었다. 그러나 동시에 의심이 갔다. 정부가 굳이 그럴 이유가 없었다. 이미 새로 만들어진 우주 공간마저 정부의 재정 유지를 위해 모두 민간에 분양이 이루어진 상태였다. 보통 국제우주금융인연합과 같은 단체들이 그것을 사들였다. 핍 같은 일반인이 건들 수 있는 시장은 아니었다. 아마도 최소 500억 년까지는 소유자 예정되어 있을 것이다.

미래를 끌어다가 현재를 사는 그런 어이없는 형태였다.

핍은 관심을 끄기로 했다. 투자에 있어서는 오직 자기 자신만을 믿어야 했다. 출처가 불분명한 사탕발림은 낚싯바늘에 꿰인 미끼와 같았다. 함부로 물어서는 안 됐다. 누구도 대신 투자해주지 않았다.

"포식자 같군."

핍의 뒷자리에서 발을 쭉 뻗고 앉은 손님은 그리 말했다. 핍의 가랑이 사이에서 그의 발가락은 꼼지락거리고 있었다. 마치 외계인 '플랑' 같았다. 그들은 보이저호에 묻어간 플랑크톤이 G-122U 행성에 도착해 진화한, 말하자면 지구 출신 생명체다. 그들 역시 인간에게 토지를 빼앗기고는 월세를 납부하며 자신들의 행성에서 살아가고 있었다. 뒤편에 앉은 발가락이 옆자리에 앉은 자기 친구와 이야기를 나누기 시작했다. 친구가 발가락에게 물었다.

"누가? 태양이 포식자 같다고?"

"아니, 여기 사람들. 무슨 땅을 종이 클립처럼 사고팔고 있잖아. 그 위에 살고 있는 생명체 생각은 안 하고."

"뭐, 저 사람들 돈을 주고 그 땅을 산 거니까."

발가락은 성을 내기 시작했다.

"그게 이상한 거야. 땅을 사서 정당한 거라면, 태초에 땅을 판 사람은 어디서 산 거야? 누가 그 사람한테 준 건데? 정부야? 그때 정부는 없었는데?"

"우리 같은 사람이 말해봤자 뭐하겠어? 평생 일해도 땅 한 줌도 못 사는데."

둘은 주변을 둘러보고는 한숨을 크게 쉬었다. 발가락이 말했다.

"제길, 내가 아니더라도 내 자식 누울 자리 하나라도 있어도 좋으련만."

핍은 뒤돌아보지 않았다. 꼼지락거리는 발가락을 보고서 한 번씩 웃어줄 뿐이었다. 핍은 증서를 주머니에 챙겨 넣었다. 조금이지만 우월감이 느껴졌다. 핍에게는 자기 몸을 뉠 땅이 있었다. 물론 태양에 의해 먹히지만 않는다면 말이다. 발가락은 혼잣말을 중얼거렸다.

"이상하지 않아? 새로운 공간은 계속해서 생겨나고 있는데, 우리 같은 사람한테는 단 한 줌의 땅도 손에 쥐어지지 않는다는 게."

핍은 그 말을 듣고서는 땅에 집착했던 자기 조상에게

깊은 감사를 표했다. 그렇지 않았더라면 저들처럼 기회도 잡지 못하고 한탄만 하고 있을 테니까.

쇼의 끝에 다가갈수록 관람석은 부산스러워졌다. 달이 태양에 먹혔을 때는 투기꾼 하나가 돈을 돌려달라면서 칼로 다른 이들을 협박했다. 경비원들이 출동하고 대치 상태가 지속됐다. 물론 그에게 도망칠 땅은 없었다.

수세에 몰린 그는 끝내 칼로 자기 우주 슈트에 구멍을 냈다. 구멍에서는 산소가 빠져나가며 그는 곧장 소행성 지대에서 튕겨 나갔다. 그의 궤도는 정해져 있었다. 얼마 지나지 않아 아가리를 크게 벌린 저 적색 거성에 의해 삼켜졌다.

그 와중에도 핍은 가만히 태양만을 바라보고 있었다. 겉으로 보아서는 평온했으나, 속은 시끄러웠다. 순간 태양 플레어가 태양을 할퀴었다. 지구에는 크로와상처럼 커다란 주름이 하나 생겼다. 지구에 땅을 산 사람들이 헬멧을 손으로 감싸며 괴로움을 표했다. 핍의 심장도 떨렸다.

그때 42-30 소행성 지대의 맨 앞자리에서 실루엣 하나가 꿈틀거렸다. 얼굴은 보이지 않았으나, 자리로 그가 어떤 사람인지 알 수 있었다. 핍은 그에게 시선을 고정했다.

우주 팽창 속도와 계좌에 돈이 쌓이는 속도를 비교할 사람이겠지.

특히나 실루엣이 어른거리는 곳은 상석 중의 상석이었다. 자릿값으로만 화성에 있는 올림푸스 산 전체를 살 수 있을 정도였다. 핍 같은 사람들은 그들의 실루엣만 볼 수 있었다.

그는 자리에서 분주하게 움직였다. 무언가를 설치하는 것 같았다. 얼마 지나지 않아 거대한 역삼각형의 망원경이 우뚝 섰다. 망원경의 렌즈는 정확하게 태양 쪽으로 향했다. 망원경은 실시간으로 안과 밖을 달리하며 모양을 변주했다. 그것은 양자 얽힘을 토대로 정보 지연 없이 태양을 바로 마주하는 듯한 느낌을 사용자에게 주었다. 그들은 이미 그것으로 태양의 탄생 순간부터 멸망까지 모든 것을 보았을 것이다.

정부는 법적으로 양자 망원경으로 예견할 수 있는 시간을 수 분으로 제한했으나, 재벌들은 도저히 들을 생각을 하지 않았다. 그들은 망원경을 이용하여 모든 것을 예측했다. 주식 차트부터 부동산까지. 금싸라기 땅은 이미 모두 그들의 소유였다. 그들이 땅을 사면 사람들이 모이더니 주변에 엄청난 시설이 들어섰다. 정경유착은 옛말이었다. 그들은 굳이 정치권에 엎드리지 않고서 양자 망원경 하나로 우주의 모든 부를 거머쥐었다.

핍은 모든 시선을 태양과 상석의 실루엣에만 집중했다.

금싸라기 땅을 살 수가 없다면 그 옆에 붙은 아기 손바닥만한 땅이라도 사야 했다. 그러면 아기 손바닥만한 땅이 성인손 크기가 되고, 성인 손 크기의 땅이 한 사람이 누울 수 있는 땅이 되었다. 아버지가 그렇게 땅을 사고팔았기에 화성에 한 평 남짓한 땅을 살 수가 있었다. (물론 중간에 많이 날려 먹기는 했지만) 기회를 붙잡은 셈이었다.

뀝의 아버지에게는 작은 꿈이 있었다. 그는 돈을 많이 벌면 길이 1.7 미터짜리 모르고 디오라마를 제작하고 싶다고했다. 그것은 아주 작은 미니어처들의 집합체로 아버지가원하는 세상 그 자체였다. 거대하거나 별들이 폭죽처럼 터지는 화려한 세계는 아니었다. 오히려 현실과 지나치게 같았다. (그렇기에 돈이 무지막지하게 들었다. 말 그대로 세계를 창조하는것이었으니까.) 단 한 가지가 달랐다. 그 세계는 온전히 아버지의 것이었다. 아버지는 될 수 있다면 마인드 업로딩을 통해 온전히 자신의 것인 미니어처 세상에서 살고 싶어 했다. 뀝이 미니어처 세상은 너무 좁은데 어떻게 살 것이냐고 물었을 때, 아버지는 반대로 우주는 너무 넓어서 싫다고 했다.

그러나 뀝은 달랐다. 어떻게든 부동산으로 돈을 모아 행성 전체를 사고 싶었다. 그걸 밑천으로 거물들이 손을 대는 '우주의 끝, 그 너머'를 향해 내달리고 싶었다. 너머에는 무엇이 있는지 뀝은 알지 못했다. 분명 돈이 그곳에 모이는 데에는 이유가 있을 것이다. 뀝은 그것을 직접 두 눈으로 보고 싶었다.

그 무한한 공간이 생겨나는 모습을.

✳

"이제 클라이맥스!"

호객꾼의 외침과 함께 태양은 급속도로 부풀어 올랐다. 지구는 그 자취를 감추었다. 임계점에 다다라 푸드 파이터의 부푼 배처럼 태양은 그 크기를 잠시 유지하더니 빠르게 수축하기 시작했다. 핍은 제 기능을 하지 못하는 싸구려 선글라스를 내던져버리고는 태양을 마주 보았다. 너무 눈이 부셔서 화성이 먹혔는지 아닌지 도저히 알 수가 없었다. 사람들은 태양의 마지막 모습을 보며 탄성을 내질렀다. 그러나 역시 소리를 전달하는 매질이 없어 서로에게 닿지는 않았다. 의미 없는 외침의 연속이었다.

핍의 손에는 땀이 차올랐다. 핍은 눈으로 빠르게 주위를 훑었다. 붉은빛을 내던 태양은 급격하게 한 점으로 수축하더니 푸른 빛으로 바뀌었다. 그러고는 터지고야 말았다. 우주 공간이라 소리가 들리지 않았다. 갑자기 엄청난 압력의 플레어가 몰려왔다. 사람들은 자기가 앉은 소행성을 꼭 붙잡아야 했다. 소행성이 뒤집히기도 했지만, 주최 측이 미리 준비해 놓은 중력 그물 덕분에 위험하지는 않았다. 핍은 그

와중에도 눈을 부릅떴다.

"저기!"

한 사람이 어두운 한쪽을 가리켰다. 사람들이 웅성거리기 시작했다. 핍은 옆 사람이 들고 있던 망원경을 빼앗아 사람들이 가리키는 곳을 보았다. 반쯤 부서진 화성이 보였다. 그러나 핍이 산 올림푸스산이 있는 곳은 살아남았다. 핍은 사람들과 함께 환호성을 지르며 서로를 껴안았다. 이제 그는 엄청난 돈방석에 오르게 될 것이다.

태양은 그렇게 어마어마한 토지를 삼키고는 죽어버렸다.

죽어버린 태양에게서 과거의 영광이라고는 찾아볼 수가 없었다. 작은 점으로 쪼그라든 항성은 자신이 과거에 붙잡아 두었던 다른 행성보다도 볼품없었다. 사람들은 까치발을 한 번 들었다가 생각보다 초라한 그것의 모습에 입맛을 다시고는 자리를 벗어났다.

100억 년에 걸쳐 완성된 쇼는 이렇게 끝났다.

소행성 지대에 우주선들이 유성우처럼 쏟아졌다. 관람객들은 일제히 우주선들에 몸을 실었다. 잡상인들은 어떻게든 남은 물건을 팔기 위해 거침없이 얼굴을 들이밀었다.

핍에게 물건을 들이밀던 잡상인도 열심히 우주선 뒤를 따랐다. 대가리에 달린 태양이 커졌다가 작아지기를 반복했다.

핍도 자신이 부른 택시에 올라탔다. 아폴로 18호의 모습을 한 앤티크 택시였다. 앞자리에 탄 기사는 117-HB 행성 억양으로 핍에게 물었다.

"어디로 모실까요?"

토지 증서를 오래 쥐고 있어 손아귀가 저렸다. 핍은 화성이 살아남은 즉시 토지 증서를 거래소에서 모두 매각해버렸다. 앞으로 태양계에 호재는 없었다. 얼마 지나지 않아 살아남은 태양계 행성들은 자기 궤도대로 멀리 달아날 테니까. 따지고 보면 태양이 죽은 순간, 태양계도 함께 죽은 것이었다. 다행히 얼마 지나지 않아 상석에 앉은 사람들도 토지를 모두 팔아버렸다는 소식이 들려왔고, 화성의 토지 가치는 순식간에 폭락했다.

핍은 기사에게 말했다.

"일단 백조자리 방향으로 가주세요."

택시는 미끄럽게 날아올랐다. 핍은 뒷좌석에서 눈을 감고서 앞으로의 일들을 생각했다. 우선 오늘 번 돈으로 부동산을 또다시 사야 했다. 물론 근본적인 문제점은 항상 핍의 머릿속을 맴돌았다.

언젠가 망할까?

우주가 팽창하면서 엔트로피가 떨어지는 것은 피할 수 없었다. 일부 과학자들은 엔트로피가 0에 수렴할 경우, 우주 전체가 다시 쪼그라질 수도 있다고 했다. 그때가 되면 토지를 가진 사람은 억울해 죽을 지경일 것이다. 내 토지와 다른 사람의 토지가 한데 붙어버리니 말이다.

소송이 이어지겠지.

그러나 그렇게 생각하면 어디에든 투자를 할 수가 없었다. 어딘가에서는 돈을 계속 찍어대고 있고, 생명체들은 계속해서 태어나고 있으며, 우리 인간은 언젠가 죽으니 말이다. 핍은 일단 백조자리 쪽 복덕방에 가보기로 했다. 이번에 새로 생긴 우주 공간에 좋은 매물들이 있다고 들었다. 은하들이 오밀조밀 모여 있는 구상성단에 새로운 생명체가 발견되어서 그들에게 토지를 비싸게 팔아먹을 수도 있을 것이다.

그제야 핍은 그간 미뤄두었던 아버지의 장례에 대해서 생각했다. 유산을 상속받은 후 이곳에 오느라 미처 아버지의 장례를 치르지 못했다. 시체가 담긴 슈트를 차마 열어보지도 못했다. 핍은 가만히 생각하다가 기사에게 말했다.

"가르강튀아로."

돈을 벌었으니, 사람 키만한 우주선에 아버지를 모시고는 온갖 장식을 매달 생각이었다. 지구에서 캐냈다는 구리와 동을 가공해서 화려한 장식을 관 위에 올려 볼까도 했다.

그렇게 화려한 우주선은 우주를 떠돌다가 끝내 은하 중심에 있는 거대 블랙홀의 중력에 이끌려 그곳으로 빨려 들어갈 것이다.

우주상의 모든 존재는 결국 한 점, 블랙홀로 모였다.

0차원의 세계.

좌우도, 높낮이도 없이 오직 한 점으로 존재하는 공간. 그곳에 아버지 같이 죽은 사람들은 한데 모였다. 과거와 같이 한 평의 땅을 쓸데없이 차지하는 일은 일어나지 않았다.

공간은 산 사람의 것이다. 핍은 문득 블랙홀을 떠올렸다.

없는 공간이라. 그것도 사고팔 수 있으려나.

핍을 태운 우주선은 은하 간 아주 짧은 거리를 내달리고 있었다.

블랙홀 뺑소니

2022년 <과학동아> 11월호 수록.

블랙홀 하나가 사라졌다.

처음에는 이런 지극히 '과학적인' 일에 왜 나 같은 보험사 직원을 불렀는지 알지 못했으나, 사건이 마무리된 지금에서는 최선이었다는 판단이 선다.

그것은 C580ED라 불리며 백조자리 근처에서 발견된 초대질량 블랙홀이었다. 지구와 가장 가까운 거리에 있는 블랙홀이라 연구소는 한국, 칠레, 미국, 중국에 있는 전파 망원경을 활용하여 그것을 발견한 순간부터 어제까지 약 삼십 년간 주시하고 있었다. 관측을 시작한 순간부터 어제까지 변화는 없었다. 천체 물리학에서 10년, 20년은 인간의 관점에서는 초 단위도 되지 않을 만큼 아주 짧은 순간이었다. 오늘날 연구소 직원들이 넥타이에 정장을 벗고서 셔츠와 루즈 팬츠를 입고, 구두를 벗고 크록스를 신고 다니게 될 때까지도 블랙홀은 어김없이 빛을 비롯해 주변 모든 물질을 빨아들이며 열심히 돌기만 했다.

그런데 바로 어제, 한순간에 그것은 말 그대로 증발해 버리고 말았다. 처음에는 관측기나 컴퓨터가 고장 난 것이 아닐까 싶었다. 태양 질량의 130배에 달하는 천체가 한순간에 사라지다니. 실제로 벌어지기에는 극히 희박한 확률이었다. 연구원들은 각 연구소에 연락하며 상황을 파악하려 했으나, 관측 기기들은 모두 정상적으로 작동하고 있었다. 심지어 오류를 감수하고서 컴퓨터도 재부팅했지만, 결과는 바뀌지 않았다. 여전히 있어야 할 곳에 블랙홀은 없었다. 연구원 모두가 당혹스러워했으나 잠시였다. 연구원들은 빠르게 이를 근거로 '블랙홀 증발 이론'을 구체화하려 했다. 노벨 물리학상이 눈앞에 다가온 것만 같았다.

그가 찾아오기 전까지 말이다.

그는 당당하게 연구소 정문으로 걸어왔다. 그의 외양을 설명하기는 어려울 것 같다. 말 그대로 그는 존재하면서도 존재하지 않는, 어떤 추상적인 무언가였기 때문이다. 우리가 사과라 말하면 사과가 떠오르지만 그 사과는 실제로 존재하지 않는 것처럼, 그는 우리의 인식에서만 존재하는 어떠한 '추상체'였다. 아마 그를 마주한 모두가 각자 다르게 그를 보았을 것이다. 나의 경우에는 유료 이미지 다운로드 사이트에 나오는, 동양인에 나이는 30대 중반 정도로 인식됐고, 이가 하얗다 못해 눈이 부실 지경이었다. 그에 반해 연구소장에게는 백인에, 나이는 50대 중반 정도인 교수로 기억됐다. (후에 CCTV로 확인해 보니 그의 모습은 보이지 않았다. 우리는 모두 정신이 나간 사람처럼 허공에다 대고 이야기를 중얼거리고 있었다.)

그렇게 정문에 등장한 그는 (벽을 넘어 바로 우리에게 올 수 있었음에도) 정중하게 경비원에게 책임자를 보고 싶다고 말했다. 정문은 혼비백산에 빠졌다. 경비원 하나는 귀신이라며 까무러쳤고, 다른 하나는 그에게 가스총을 겨누다가 그가 다가오자 발포해 버렸다. 다행히 그는 물리적인 공격에 영향을 전혀 받지 않았다. 마침 정문을 통과하던 연구소장이 그 광경을 목격하곤 그를 차에 태운(가둔) 후에 연구소 안으로 데려왔다. 연구소장은 그와 함께 회의실로 들어가더니 금방 얼마 지나지 않아 사색이 된 표정으로 '어떡하지?'라는 말을 연발했다고 한다. 그리고, 그는 바로 내게 전화를 걸었다.

여기까지가 내가 선임연구원에게 들은 전부다.

연구소장은 지금은 업계를 떠난 선배에게 인계받은 내 오랜 고객이었다. 선배가 보험금을 지급받아 죽지 않았더라면, 나는 연구소장을 만나지 못했을 것이다. 시작은 자동

차 보험이었고, 이어서 실비 보험, 생명 보험, 연금 저축성 보험 등 보험이라는 보험은 나를 통해서만 계약했다. 하여튼 연구소장이 처음 내게 전화를 걸었을 때는 사람이라도 친 음주 운전자처럼 난처해하고 있었다.

"연구실로 와주게나."

목소리는 심하게 떨리고 있었다. 나는 소장에게 물었다.

"어떤 사건이죠?"

소장은 잠시 고민하더니 대답했다.

"교통사고."

그렇게 전화는 끊어졌다. 이성적인 사람이라도 막상 사고가 나면 당황하기 마련이었다. 자동차 사고나 강도라도 당한 것인가 싶었다. 나는 세일즈맨답게 정장을 차려입고는 바로 연구소로 향했다. 액셀을 밟으며 도로를 거칠게 가로질렀다. 고객 만족이 최우선이었다. 사고가 나면 어쩌냐고? 그러면 나 같은 멋진 보험사 동료가 사고가 난 나를 찾아올 것이다. 그가 어디에 있든 사건 현장에 달려갈 것이며, 그는 멋지게 사건 현장을 처리하고, 병실에 누워 있는 내 손을 잡으며 '괜찮을 겁니다'라 말할 것이다. 그를 믿고서 내 차는 우주선처럼 까만 도로 위를 날아갔다.

그렇게 삼십 분이 채 되지 않아 연구소에 도착했다. 연구소 분위기는 너무나도 이상했다. 검문소 문은 아무렇게나 열려 있었고, 경비원들은 정신이 나간 것처럼 도로에 주저앉아 하늘을 보며 무언가를 중얼거리고 있었다. 선임연구원은 정문에서 날 기다리고 있었다. 그는 나를 보자마자 말했다.

"신일지도 모릅니다."

소장이 어디 있느냐는 물음에 선임연구원은 식은땀을 흘리며 복도 한쪽을 가리켰다. 소장은 반쯤 정신이 나가 있었다. 손을 덜덜 떨면서 눈알을 흰자위가 보이게 이리저리 굴리고 있었다.

"멸망이야!"

말이 통할 것 같지는 않았다. 나는 언젠가 벌어질 보험금 지급 심사를 대비하여 녹음기를 켜고, 사진을 찍었다. 현장 상황을 잘 기록해둬야 했다. 소장은 침을 흘리며 멍하니 바닥을 보고 있었다. 나는 능숙하게 선임연구원의 어깨를 두들기며 소장을 부탁하곤 조심스럽게 회의실 안으로 들어갔다.

나의 첫 마디는 이랬다.

"보험사에서 나왔습니다."

그는 회의실 한가운데에 서 있었다. (분명 그랬다. 마치 이산화탄소 덩어리처럼 말이다.) 노이즈(그가 만들어 낸 특유의 소리 때문에 우리는 그를 그렇게 부르기로 했다.)는 자기소개를 하기 시작했다. 대화는 소리가 아니라 머리에 직접 전달되었다. 이것도 압력으로 내 뇌에 직접 정보를 쑤셔 넣는 것 같았다. 과음한 다음 날처럼 느껴졌다. 그가 말했다. (정확히는 생각했다.)

"저도 보험사 직원입니다. 지구에는 보험사 직원이 인간 밖에 없다더군요. 아무튼 환영합니다."

나는 복잡하게 회사명이나, 연구소장에게 전화를 받고 왔다는 말은 집어치웠다. 상대에 맞춰야만 했다. 보험사끼리 기 싸움에서 밀리면 안 됐다. 그리 유쾌한 다른 두 문명 간의 첫 만남은 아니었다. 자고로 보험사라 하면, '사고가 났을 때만 만나는' 존재였다. 그런데 처음 만나는 외계인이 보험사 직원이라니. 나는 늘 처음 마주하는 외계인은 과학자나 기술자이기만을 바랐다. 정치인이나 군인만은 아니길 바랐는데, 더한 놈을 만나게 되었다. 더군다나 동종업계라니. 나도 보험회사 직원이었지만, 정말이지 그와의 기 싸움은 견디기가 어려웠다. 절로 몸이 긴장되더니 인상이 찌푸려졌다. 최대한 얼굴을 펴야 했다. 인공적인 미소를 지어 보였으나, 노이즈에는 통하지 않는 것 같았다. 그가 말했다.

"얼마 전에 저희 고객에게 발생한 사고 때문에 왔습니다. 여러분의 물건과 충돌했는데, 알고 있습니까?"

"잠시만요. 사건 개요 좀 다시 정리해 봅시다."

외계인이기 이전에 보험사 직원이었다. 그 점에서 흔들

리면 안 됐다. 나는 사건 개요에 대해 아무것도 알지 못했지만, 그것을 드러내서는 안 됐다. 노이즈는 내 물음에 전혀 상관하지 않고서 약관을 읊듯이 계속해서 말했다.

"아, 죄송합니다. 설명을 좀 드리겠습니다. 여러분들은, 아 '여러분들'이라 함은 지구에 계시는 모든 생명체를 말씀드리는 것입니다. 저희 고객이 여러분들의 청소기, 11011111과 1240픽셀 전에 부딪히셨습니다. 고객 정보는 비밀 유지 조약으로 말씀드릴 수가 없군요. 이 정도면 이해가 되실까요?"

주변 공기가 더욱 묵직해졌다. 노이즈가 공기 분자들을 밀어내는 것 같았다. 원심 분리기에라도 내던져진 것처럼 숨이 막혀 왔다. 상사에게 이 사건을 보고하면 어떻게 반응할까 싶었다. 말도 안 되는 일이라며 내게 뭐라 할까? 아니면 실적을 쌓았다며 좋아할까? 이 생각에 피가 머리 쪽으로 솟구치는 것 같기도 했다. 노이즈는 여유롭게 말을 이었다.

"원래는 그저 지나칠까도 싶었는데, 고객님 양심이 그걸 허락하지 않는다고 하시더군요. 정말 멋진 분 아니십니까? 그러니 바로 합의하시죠."

노이즈가 서류를 내게 내밀었다. 그것은 종이가 아니라 모든 양자 정보가 담긴 일종의 메모리 칩이었다. 가만히 메모리 칩을 손에 들고서 이리저리 살펴보았다. 어떻게 읽어야 할지 알 수 없었다. 낑낑대던 나를 보던 노이즈는 갑자기아, 하고 탄성을 내뱉더니 내 머릿속에 내가 인식할 수 있는 종이 형태의 합의서를 띄워주었다.

합의서는 나름 합리적으로 작성되어 있었다. 주체는 '지구' 혹은 '태양계의 세 번째 행성'으로 되어 있지 않고, 단순히 지구의 질량과 가속도로 정의되어 있었다. 숫자가 끝없이 이어졌다. 나는 어마어마한 계산값은 일단 넘기고서 합의서를 훑어보았다. 노이즈가 말한 그대로 사건 개요가 적혀 있었고, 이어서 그의 고객이 제시한 보상안이 보였다.

행성 이주를 위한 우주선 두 대 제공.

행성 이주라니. 무슨 말일까? 뜬금없이?

나는 협상을 위해서가 아니라 순수한 의도로 노이즈에 물었다.

"이게 뭐죠?"

그러자 내 반응에 노이즈는 흥분해서 압력을 더욱더 강하게 했다. 나는 몸이 뒤로 밀려나려는 것을 간신히 참아냈다. 주 7일, 휴일도 없이 고객들을 상대하러 이리저리 뛰어다닌 것이 도움이 됐다. 머리도 터질 것처럼 속에서부터 압력이 느껴졌으나, 휴일 숙취만큼 심하지는 않았다. 노이즈가 말했다.

"보상안입니다. 저희 고객님께서 특별히 마음을 쓰셨습니다."

"어디 부분이요?"

노이즈에게 다리가 있었더라면, 이 시점부터 다리를 꼬았을 것이다.

"우주선 한 대가 아니라 두 대라는 점입니다. 한쪽에 수컷, 다른 한쪽에 암컷, 이렇게 탑승하면 되겠군요."

체세포 분열을 하는 생명체들은 어디에다 탑승하냐고 물으려다가 말았다. 내가 그렇게 묻는다면 논점은 두 대이냐 세 대이냐로 흘러간다. '우주선을 받는다'는 제시안은 받아들인다는 전제가 깔리게 되어버리니 나는 다르게 물어야 했다. 다른 허점이 있을 것이었다. 나는 그 지점을 맹렬하게 파고들어야 했다. 정보가 부족했다. 질문을 이어가야 했다.

"정확히 어떤 물건과 충돌한 거죠?"

"아까 말씀드렸듯이 청소기요."

노이즈는 진지했다. 그와 반대로 나는 순간적으로 웃음이 터져 나오는 것을 가까스로 참아냈다.

청소기라니? 지금 청소기와 부딪혔다고 어딘지도 모를 은하계에서 여기까지 날아온 것인가?

끝내 웃음을 참지 못하고 살짝 미소를 보였다. 그러자 노이즈는 얼굴로 보이는 쪽 좌우로 픽셀 깨지는 듯한 느낌을 주었다. 손 쪽이 바쁘게 움직이더니 노이즈가 무언가를 읽어내렸다.

"여러분들 용어로는 블랙홀, 말입니다."

아까 선임연구원에게 들은 C580ED를 지칭하는 것 같았다. 나는 노이즈에게 물었다.

"그건 우리 것이 아닙니다. 정확히는 우리는 그게 어떻게 작동하는지도 몰라요."

"그렇군요. 그럼 저희 고객님께 그렇게 말씀드려도 될까요?"

노이즈의 존재가 희미해졌다. 그는 분명 사라지려 했다. 놓쳐서는 안 됐다.

"잠깐만요."

순간이었지만, 많은 생각이 스쳤다. 그때 촉이 발동했다. 보험사 직원끼리 암묵적으로 벌어지는 기 싸움에서 나타나는 물리적 반응이었다. 아마 노이즈 역시도 무언가를 느꼈을지도 모른다. 빠르게 일을 처리하려는 것으로 보아 무언가 숨겨진 게 있다는 것을 확신했다. 나는 노이즈에게 물었다.

"그게 없어지면, 우리한테 어떤 영향이 있죠?"

노이즈는 답답하다는 어투로 말을 이었다.

"아직 우주에 등장하신 지 얼마 안 된 지구 분들께서는 잘 모르시겠습니다만, 우주 모든 것엔 다 목적이 있습니다. 간단하게 말하면 주로 생명체를 위해서죠. 블랙홀은 각종 행성이나 항성, 온갖 것들을 다 빨아들이는 청소기입니다. 그 주변에 있으면 모든 게 깔끔해지죠."

"깔끔해지면요?"

내 질문에 노이즈는 나를 이상한 사람 취급하듯이 건성으로 대답했다.

"질문이 조금 이상하네요. 당연히 그것들이 생명체가 있는 행성에 부딪히면 말 그대로 '큰일'이 나니까요. 사라져야할 것들이죠. 이번에 사라진 건 얼마 전에 출시된 신형 모델이네요. 청소기가 뭔지는 아시죠?"

은근하게 우릴 비웃는 것 같아서 기분이 나빴다. 나는 그에게 가까이 다가가려 했으나, 압력이 너무 강해 그러지 못했다.

"그럼, 지금 뭔가 충돌한다는 말입니까?"

노이즈가 고개를 끄덕였다. 비가 올 것처럼 공기가 묵직해졌다. 그가 다시 무언가를 보고 읽었다.

"여러분들 시간으로는 정확히 5분 뒤에 항성 하나가 이리로 올 겁니다. 곧장 바로 이 장소에 부딪히겠죠."

내가 아득한 표정을 짓자, 그가 부드러운 목소리로 이어 말했다.

"그래도 다행이에요. 아마 충돌하기 오래전에 여러분들은 모두 이 세상에 없을 테니까요."

식은땀이 흘렀다. 지구 멸망을 앞두고 있다니! 연구소장을 비롯해 이곳 사람들이 정신이 나간 이유를 이제야 알았다. 더불어 보상안으로 주어진 행성 이주용 우주선에 관해서도 이해가 되었다. 지구를 버리고 떠나지 않으면 살 수가 없었다. 나 같은 보험사 직원에게 지구의 운명이 정해져 있었다. 노이즈가 보채듯이 말했다.

"시간이 얼마 없어요. 서명하시죠."

속이 울렁거리기 시작했다. 죽은 선배 생각이 났다. 그는 50세 이후에 암에 걸릴 경우 치료비를 지급한다는, 3밀리 크기로 계약서 구석에 적힌 특약 사항을 발견하곤, 49세에 암이 의심된다는 진단을 받고도 1년간 치료도 받지 않고 버티다가 그만 죽어버렸다. 선배의 패배였다. 어느 판사의 말대로 돋보기를 끼면 볼 수 있었으니까. 어리숙한 사람은 죽어버리는 세상이니까. 다급해진 나머지 논점을 그만 보상안 강화로 옮겨버렸다.

"그 행성 이주용 우주선에 지구 생명체 전부가 탈 수 있습니까?"

"아뇨. 모든 생명체 두 쌍만 가능합니다. 그게 가능하면 지구라는 행성 전체를 옮기지 않았겠어요?"

비아냥거리는 어투에 얼굴에 주먹을 날리고 싶었으나, 상대에게 형체는 없었다. 이제는 주변 사물마저 이상하게 보일 지경이었다. 의자가 작은 행성처럼 보였고, 중앙 탁자는 항성처럼 뜨겁게 느껴졌다. 정신을 차려야만 했다. 협상은 기세였다. 모든 상황을 파악한 것처럼 보여야 했다. 테이블에 앉아 다리를 꼬고서 이야기를 이었다.

"말도 안 됩니다. 수용할 수 없어요."

그러자 기다렸다는 듯이 노이즈가 덥석 이야기를 시작했다.

"그걸 이야기해 볼까 합니다. 저도 사실 고객님의 결정을 수용할 수 없어요."

이 말을 듣고 잠깐 좋아했던 것이 탈이었다. 노이즈가 시차를 두고서 말했다.

"여러분께 보상안을 주다니요. 귀책 사유가 여러분들한테 있는데요."

금시초문이었다. 우리가 그쪽으로 우주선이나 핵탄두를 날린 적도 없었건만, 다짜고짜 우리 책임이라니. 화가 솟구쳤다. 이제까지는 아무리 협상이 엎어진다고 해도 내 고객에게 손해가 가는 것이었지, 내게 손해가 가는 것은 아니었다. 지금은 내 목숨도 함께 달려 있었다. 전 재산을 내 목에다가 건 느낌이었다.

"무슨 말씀이죠?"

노이즈는 잠시 내 반응을 살폈다. 나는 애써 침착한 척 넥타이를 조금 풀면서 한숨을 크게 내쉬었다. 뒷머리가 저릿했다. 설마 노이즈가 머릿속을 볼까 봐 어제보다만 공영방송 시트콤을 떠올렸다. 재미가 더럽게 없어서 다행히 압력이 조금 준 것 같았다. 노이즈가 다소 안정된 목소리로 말했다.

"여러분들이 계속 보고 있었으니까요. 그 아이 울음보다도 못한 전파 망원경으로 관측만 안 했더라도, 이런 사건이 일어나지 않았을 텐데요."

내가 도저히 알 수 없다는 표정을 짓자 그는 내 머릿속에 그림 하나를 그렸다. 눈이 번쩍거리면서 시야가 흐려졌으나, 마우스 커서 같은 것이 허공을 날아다니고 있는 장면만은 명확하게 보였다. 그것은 꼬리에 무언가를 내뿜으며 이리저리 오가고 있었다. 노이즈가 말했다.

"저희 고객님께서는 웜홀을 타시고서 도로를 달리고 계셨습니다. 그때 청소기 주변을 스치듯 가고 있었습니다. 물론 파동 형태로 말이죠."

연구소장에게 지겹도록 들었던 용어들이었음에도 머리가 욱신거렸다. 말을 따라가려 귀를 기울여야 했다. 노이즈가 말했다.

"마침 급한 일이 있어서 저희 고객님은 그렇게 파동 형태로 신나게 달리고 계셨는데…."

나는 깨달음을 얻은 사람처럼 노이즈의 말을 이었다.

"저희가 그분을 관측하는 바람에 입자가 되어버린 거군요."

빌어먹을 양자역학.

내 짧은 상식으로는 이해가 되지 않았건만, 어디까지나 사실이었다. 관측 순간 중첩 상태는 붕괴하여 하나의 결과로 나타났다. 이 문장을 암기하듯이 외우고 있었다. 관측만 하지 않고 있었더라면, 우리가 그와 상호 작용만 하지 않았 더라면 충돌 사고는 일어나지 않았을 것이었다.

"이런…."

노이즈는 내 탄식에 환한 미소를 지어 보였다. 물론 눈에 정확하게 보이지는 않았고, 어떤 형상으로 내게 다가왔다.

"맞습니다. 그래서 저희 고객님께서 여러분들의 청소기, 아니 블랙홀과 부딪힌 겁니다. 저희 고객님이 조금만 핸들 을 틀었어도, 여러분 행성과 부딪혔을 수도 있었죠. 그런 점 에서 여러분은 고객님께 오히려 감사함을 표시해야 하죠."

정신이 아찔해졌다. 여기서 내가 어떤 변론을 할 수 있을 까? 머리를 굴려 보았으나, 갈피가 잡히지 않았다. 노이즈 는 자기가 이긴 것을 직감했다는 듯이 압력을 최대로 낮추 었다. 창문에 엄청난 빛이 들어섰다. 노이즈가 말했던 항성 이었다. 그것은 처음에는 달의 크기였다가 점차 지구로 다 가오며 커지기 시작했다. 푸른색으로 빛나는 것이 닿기만 하면 흔적도 없이 사라질 것만 같았다.

"자, 이야기는 끝난 것 같은데요? 이러다 지구 전체 생명 체가 멸종할지도 모릅니다. 얼른 결정하시죠. 아까 말씀 들 으신 대로 저희도 양보해서 이렇게 해드린 겁니다. 아 그리 고, 이건 우리 둘 사이의 비밀인데."

노이즈는 아주 낮은 목소리로 말했다. 분명 머릿속으로

대화하기에 다른 사람에게는 우리 대화가 들리지 않음에도 말이다.

"당신은 꼭 우주선에 태워 드리겠습니다. 이왕이면, 가장 앞자리에요."

분명 인류에게 처음 있었던 일은 아닌 것 같았다. 노이즈는 지나치게 부드러웠다. 마치 내 모든 행동에 어떤 매뉴얼이 있는 것처럼 말이다. 어디선가 들어본 이야기 같기도 했다. 보험 사건 사고 사례집에 있었나 싶었다.

모든 생명체 두 쌍을 우주선에 태우다니.

그런데 이 말을 들으니 마음에 평온함이 찾아왔다. 협상이 어긋나도 이제는 내게 위협은 되지 않았다. 물론 이렇게 보험을 팔면서 살 수는 없겠지만, 목숨은 구할 수 있었다. 그곳에는 실적 압박이나 고객들에게 굽실거릴 필요가 없을지도 몰랐다.

그러나 그때였다. 머릿속에서 한 가지 생각이 스쳤다. 이제 내 일이 아니게 돼서 그랬을지도 모른다. 의사가 자기 몸을 수술하기 어렵듯이 보험 직원도 자신의 보험 관련 업무는 제대로 처리하지 못하기 마련이었다. 갑자기 노이즈가 다시 압력을 높였다. 분명 내 생각을 이미 읽었을 것이다. 나는 넥타이를 완전히 풀고서 히어로처럼 미간을 모으며 노이즈에게 텔레파시를 보냈다.

"우리가 만들어진 지 얼마 안 된 행성이라 하셨죠? 우리가 어딨는지, 누군지 아셨던 것 같은데, 왜 조심하지 않으셨을까요?"

노이즈가 대답하지 못했다. 허점이었다. 나는 더욱 밀어붙였다.

"거기다가 핸들을 조금만 틀었으면 우리 행성이 끝장났다니. 속도가 얼마나 됐는지도 궁금하네요. 당신 말대로라면 우리 문명은 아직 걸음마 수준이라 관측하지 않고서 관측하는 방법도 모르는데요. 이렇게 지구에 대해 잘 아시는 걸 보니 분명 알고 계셨을 텐데요? 그럼 혹시 고객님이 어떤 상태였는지 알 수 있을까요? 혹시 정상적인 판단이 불가능했을까요? 그렇다면, 원점부터 다시 논의해야겠는데요?"

노이즈는 당황한 듯 압력을 크게 했다. 이제는 협박 수준으로 느껴졌다.

"그러면 바로 항성이 여길 덮칠 텐데요. 모두가 죽고 나서 협상해 봐야 의미가 없습니다."

나는 승리를 확신했다. 이미 기세가 크게 꺾여 버렸다. 노이즈는 압력을 크게 낮추고는 내가 그에게 다가가는 것을 허용했다. 마지막 일격을 날려야 했다. 자리에 앉아 몰디브 해변에서 칵테일이라도 마시는 것처럼 여유로운 표정으로 말했다.

"그럼 해보시죠."

"네?"

노이즈가 당황하는 것이 눈에 보였다. 나는 넥타이를 다시 매고서 목을 가다듬었다.

"우리가 당신들처럼 기술이 좋지는 않지만, 메시지는 날릴 수 있습니다. 혹시 보이저 1호 아십니까? 벌써 저기 멀리까지 갔다고 하던데요? 어디 날리는 건 정말 잘한다니까. 어디 한번 당신 상사나 전 우주에 메시지를 날려 볼까요? 당신이 말한 아이 울음 같은 전파 망원경으로요."

노이즈가 점차 내게 다가왔다. 이윽고 거리는 매우 가까워졌다. 인간 대 인간이라면 점심에 무얼 먹었는지 숨으로 확인할 수 있을 만한 거리였다. 그가 내 목을 조르고는 저 다가오는 항성에 던져 버릴 수도 있었으나 나는 멈추지 않았다. 이겨야 했다. 인류의 운명이 내 혀끝에 달려 있었다. 이제 결정을 압박해야 했다. 나는 침묵하고서 그의 대답을 기다렸다.

"아, 그게⋯."

노이즈는 서서히 작아지기 시작했다. 인간의 크기에서 강아지 정도로, 강아지에서 개미로. 꽁무니를 빼려 하는 것 같았다. 나는 그가 도망가지 못하게 마침표를 찍었다.

"고객 정보를 노출하지 않으시려는 것을 보니 어디 높으신 분인 것 같은데 피차 피곤해지지 말고 합의 보시죠."

"어떻게요?"

이겼다. 나는 틈을 놓치지 않고 말을 이었다.

"거기 고객님께서도 얼마나 상심이 크시겠습니까? 따로 위자료는 청구하지 않을 테니, 원상 복구만 해주시죠."

노이즈가 대답하지 않자, 나는 서류 가방을 챙겨 들고 밖으로 나가는 척했다. 서류 가방을 잡은 손에 힘이 들어갔다. 땀으로 손잡이 부분이 잔뜩 젖었다. 만약 그가 받아들이지 않는다면, 내가 모두를 죽게 만드는 셈이었다. 인류 종말이 내 행동에 달려 있었다. 심장이 미칠 듯이 뛰기 시작했다. 점차 작아지던 노이즈는 점이 되어 마지막 말을 남기고는 사라졌다.

"일단 보험사에서 파손 물품을 원상 복구해놓겠습니다. 비용 문제는 추후에 이야기해 보도록 하죠."

그렇게 노이즈는 사라졌다. 항성도 새벽녘의 별처럼 자취를 감추었다. 나는 곧장 자리에 주저앉아 숨을 몰아쉬었다. 다리가 후들거렸고, 목은 탈 것처럼 말랐다. 소장에게 이 사실을 전하려 했으나, 정신이 나가 있었다. 그 옆에 있던 선임연구원도 '찬양하라'라는 말만 반복하다가 정신병원에 입원했고 이후 목회자가 되어 전국을 떠돌아다녔다.

내 실적은 반영되지 않았다. 허무맹랑한 이야기여서가 아니라 마지막에 위로금을 요구하지 않았기 때문이었다. 어이가 없어 다음에 다시 노이즈에게 연락이 온다면 중력건이나 포탈건을 달라는 등 이야기를 해보려 한다. 그러나 마음 한편으로는 다신 연락이 오지 않기를 바란다. 보험사 직원이 영웅이 되는 일은 누구도 바라지 않을 테니 말이다.

0번 버스는
2번 지구로 향한다

처음 정류장에 도착하는 버스를 타겠다고 마음먹었다. 만약 할머니가 버스에 올라타는 내 모습을 보았더라면 버스를 맨발로 따라가며 어딜 가느냐고 내게 물었을 것이다. 그러면 나는 창문을 주름진 손으로 쳐대는 할머니를 향해 모르겠어요, 하고 외쳤을 것이다.

목적지도 없으면서 왜 골방에서 나왔냐 묻는다면, 나는 가만히 방에 있는 것보단 살아 있는 걸 느낄 수 있기 때문이라 말하고 싶다. 가끔이었지만 버스 안에서는 오가는 사람들과 짧게나마 자리를 비켜 달라며 이야기를 나눌 수도 있었고, 철제 수레에 담긴 천 원짜리 중국제 물건을 사거나, 어디에 역이 들어서고, 그린벨트가 풀려 어디에 건물이 올라간다는 이야기를 들을 수도 있었다. 말은 이렇게 했지만 막상 버스가 다가오니 속이 메슥거렸다.

— 어디로 가는 걸까? 가는 도중에 길을 잃으면 어떡하지?

이런 종류의 두려움이었다면 상관없었다.

— 어떻게 돌아와야 하지? 오늘 안에는 돌아올 수 있을까?

버스를 타기도 전부터 나는 돌아오는 것에 대해 고민하고 있었다. 이 고민은 태어나기도 전에 죽기를 두려워하는 것과 어느 맥락에서는 같았다. 다가오는 0번 버스를 보며 이 결장 장애가 어디서 유래한 것인지 추적해보려 했다. 어머니일까. 아버지일까. 할아버지만은 아니었으면 했다.

나의 외형으로 보아 할아버지에게서 이 결정 장애가 왔을 가능성은 적었다. 나와 할아버지는 눈, 코, 입, 하관 등 모든 신체 부위에서 침팬지와 오랑우탄 수준으로 달랐다. 할아버지의 코는 넓적하고, 평평했지만 내 코는 곧게 뻗어 있었고, 할아버지의 뭉툭한 사각턱과는 달리 내 턱은 쥐새끼처럼 얇고, 뾰족했다. 그리고 아버지와 달리 할아버지는 83세까지 먹을 것을 잘 챙겨 드셨고, 할머니 몰래 콜라텍을 드나드시며 애인을 몇 명씩이나 갈아치우셨다. 이런 이질적인 면들을 보며 내게 출생과 관련된 비밀이 있을지도 모른다고 생각했다. 그러면 별로 기막히지 않던 내 삶 어딘가에도 보물이든, 괴물이든, 뭐라도 숨겨진 것 같았다. 속이 두 근거렸다. 이제 두 사람 다 세상에 있지 않았으니 평생 밝히지 못할 비밀이었다. 한층 더 삶이 물렁거렸다.

어머니를 원망하다가 할머니를 미워했다. 그리고 할머니의 어머니에서, 증조할머니의 어머니까지, 왜 죽지 않고 나를 낳은 것인지. 타겠다고 생각했으면 타야지. 그렇게 나는 속에다 대고 외쳤다. 0번 버스는 미끄러지듯이 내게 다가오고 있었다.

버스에 타고 있는 사람은 나를 포함해 버스 기사와 맨 뒷자리 창가에 앉아 있는 여학생이 전부였다. 버스 기사는 벌건 눈으로 사이드미러를 전혀 확인하지 않은 채 앞만 보고 달렸다. 차선을 변경할 때면 뒤따라오던 승용차들이 경적을 크게 울려댔다. 기사는 뒤에서 보채는 경적을 전혀 신경 쓰지 않았고, 깜빡이도 켜지 않은 채 차선에 버스 머리를 그대로 들이밀었다. 승용차들은 맥없이 자리를 내어 주어야 했다.

버스 번호는 방향을 담고 있다. 대구를 기준으로 9번은 경산, 시지. 8번은 하양, 7번은 칠곡, 6번은 성서를 제외한 달서구, 5번은 성서, 다사. 4번은 수성구, 3번은 칠곡을 제외한 북구, 2번은 서구, 1번은 동구와 팔공산, 0번은 남구, 중구, 시내로 향했다. 시내를 거쳐 간다면 분명 가구 골목이나 대명동 혹은 MBC 네거리를 지났어야 했는데, 당최 어디로 가는지 알 수 없었다. 차창 밖으로 보이는 산의 반은 단풍이 들어 있었고, 또 다른 반은 푸른 숲이 즐비했다. 가만 보니 도시 외곽으로 향하는 듯했다. 아닌가. 한국의 시골 풍경은 다 거기서 거기니, 어느 강원도 산골짜기라 해도 의심하지 않았을 것이다. 버스 기사가 길을 잘못 들었는가 싶었다.

기사는 이십 대 초반 정도로 앳되어 보였다. 손에는 하얀 면장갑을 끼고 있었고, 머리에는 무스를 발라 기름기가 이마에 흘렀다. 아이가 아버지의 정장을 훔쳐 입은 것처럼 차림새와 행동은 나이에 어울리지 않았다. 겉으로는 무표정하게 운전하고 있었지만, 속으로는 적잖이 당황했을 것이다. 실수로 사거리에서 좌회전이 아닌 우회전을 한 나머지, 밤새 외웠던 경로가 한순간에 헛수고가 되어버렸을지도 몰랐다.

차고지로 돌아간 기사는 승객들의 민원을 한 아름 받았을 것이다. 나이로 보아 수습 기사 같았는데, 취업한 지 3개월이 넘지 않았더라면 그는 그날부로 운전대를 잡지 못했을 것이다. 나야 어디로 버스가 가든 간에 전혀 상관하지 않았지만, 다른 승객들은 서야 할 곳에 서지 않았으니 처음에는 버스를 잘못 탔나 당혹감이 들었다가도 끝내 짜증이 났을 것이다. 요즘 같이 감정이 쉽게 남에게 옮겨갈 수 있는 세상에서 그가 다시 운전대를 잡는 일은 없을 것이다.

그래도 베테랑 기사의 마지막 운행보다 수습 기사의 것에 마음이 쏠리는 것은 왜일까. 상상해본 바로는 이렇다.

베테랑 기사의 마지막 운행은 다소 심심하게 시작할 것이다. 엉덩이 부분이 해진 정장 바지에 스포츠 선글라스, 이어서 무심한 핸들링. 그는 수십 년간 오간 코스를 벗어나지 않을 것이다. 버스는 같은 코스를 돌며 그에게 추억을 상기시킬 것이고, 그는 승객들에게 다른 어떠한 날보다도 상냥하고, 예의 바르게 행동하려 할 것이다. 결국, 일상 속에서 일상이 끝날뿐이다.

그러나 수습 기사는 다르다. 그는 코스에 대한 추억이나 기억이 전혀 없다. 그런 점에서 그는 어디든 갈 수 있다. 대구 시내를 쳇바퀴처럼 돌던 724 버스가 월급을 운운하는 사장 가족과 조합장을 엿 먹이기 위해 수성 IC를 지나 서울로 갈 수 있다는 말이다. 톨게이트를 지날 때를 상상만 해도 아드레날린이 솟구친다. 버스는 일부러 하이패스가 아닌 요금소로 지나갈 것이다. 당황한 표정의 요금 징수원은 정말 수습 기사에게 고속도로로 갈 것이냐고 물을 것이다. 그럼 수습 기사는 그렇다고 무심하게 대답할 것이다. 짜릿했다. 0번 버스를 타길 잘했다고 생각했다.

시내로 향해야 할 버스는 경로를 크게 벗어나고 있었다. 건물들은 점점 사라져 갔고, 잎의 반만 물든 낙엽수들이 건물이 사라진 자리를 빼곡히 채우고 있었다. 뒤를 돌아보았다. 나와 버스를 같이 타고 있던 여학생도 그다지 목적지를 신경 쓰지 않는 모양이었다. 만약 목적지에 신경을 쓰고 있었다면 그리 무심하게 창밖 풍경을 바라보고 있지는 않았을 것이다. 그녀는 머리를 풀어 놓고 있었는데, 내가 뒤를 돌아보았을 때는 어느덧 머리를 정수리 위로 묶어 올리고 있었다. 드러나는 목선에 헉하고 소리를 냈다. 심장 박동이 빨라졌고, 동공이 커졌다. 사랑이라도 빠졌던 걸까. 아니었다. 나는 그녀를 보며 집에 두고 온 여동생을 생각하고 있었다.

— 오빠, 어디 갔어.

어떤 초인적인 힘으로 내가 그 자리에 있다고 해서 동생에게 해줄 수 있는 말은 없었다.

— 나도 잘 모른단다. 그저 젊은 기사의 마지막 운행을 함께 따라가고 있어.

그리 대답하면 동생은 혓바닥을 내밀었을 것이다. 파랗게 질린 혓바닥. 나를 긴장시키는 동생의 유일한 행동이었다.

동생은 버스보다 지하철을 더 좋아했다. 우리는 시내에 떡볶이를 먹으러 자주 나갔었는데, 시내까지 가는 교통편을 정하면서 늘 싸웠다. 나는 항상 버스를 타자고 말했고, 반대로 동생은 지하철을 타자고 했다. 내가 이유를 물어보면 동생은 이리 대답했다.

— 지하철은 정확하잖아. 항상 같은 시각에 같은 역에 도착하니까. 늦을 염려도 없고.

생각해보니, 0번 버스를 타기 전날 오전에도 그랬다. 다른 날과 마찬가지로 동생과 나는 버스냐 지하철이냐로 열띤 토론을 벌이고 있었다. 시내에 나갈 생각은 없었지만, 동생과 그런 만담에 가까운 토론을 하는 것에 난 익숙해져 있었다. 내 주장은 이렇다.

첫째, 지하철이 항상 정확한 시간에 도착하는 것은 아니다. 닫히는 문에 무작정 팔을 끼워 넣는 사람들과 선로에 물건을 집어 던지는 사람 그리고 다가오는 지하철에 몸을 던지는 사람들에 의해 짜인 시간표는 조금씩 어긋난다.

둘째, 시간이 정확하다고 해서 마냥 좋은 것은 아니었다. 지하철에 몸을 던지는 사람은 차가 들어오는 시간에 정확히 몸을 던진다. 죽음을 결심한 시간과 죽음 간에 사소한 틈은 지하철에 존재하지 않으나 버스는 지독한 교통 체증과 차량 간 끼어들기가 만든 숙고의 시간이 사람에게 주어진다.

셋째, 선로에 뛰어든 대부분 사람은 바로 죽는다. 도로에 뛰어든 사람이 설령 차에 치인다 해도 기적적으로 살아날

가능성이 조금이라도 있지만, 열차에 치인 사람은 다르다. 백 퍼센트와 백 퍼센트에 근접한 경우이지만.

어쩌면 죽지 않을 수도 있었다. 이 우주와 다른 우주에서는 죽을 방법으로 지하철 대신 버스를 선택했을 것이고, 버스의 그 짧은 연착 시간 동안 이어진 생각에 바지를 툭툭 털어버리고, 다가온 버스에 자연스럽게

— 환승입니다.

하고 교통카드를 찍고 올라탈 수도 있었다. 혹여나 마음을 먹고 뛰어들었다 해도 지하철이 아니라 버스였다면. 그랬다면, 나는 0번 버스를 타지 않았을까.

동생은 내가 말한 그런 일들은 매우 드물다고 반문했다. 나는 아니라고, 충분히 많이 일어나고 있다고 대답했다. 동생은 붉게 상기된 얼굴로 씩씩거리며 내게 물었다.

— 왜?

동생에게 꼭 말을 해야 하나. 말해서 무얼 하나. 그런데 동생을 지하철에 태우지 않기 위해서는 말을 해야 했다.

— 아빠도 그랬잖아.

이상야릇한 산이 더는 보이지 않았다. 터널이라도 들어섰는지, 창밖이 검게 변했다. 버스 내부에는 12와트짜리 등

이 켜졌고, 가끔 별빛처럼 전구 불빛이 반짝거리며 창을 지나쳐 갔다. 버스 전방에 간신히 매달린 아날로그 시계가 오후 세 시를 가리키고 있었음에도 터널 안은 동트기 직전 구름 낀 시골 하늘처럼 무엇도 보이지 않았다. 창밖을 내다보고 있는 여학생이 어둠 속에서 무얼 보고 있는지는 알 수 없었다.

— 어디로 가는 걸까.

그녀에게 직접 물어보는 수밖에 없었다.

말을 걸기 위해 슬쩍 뒤를 힐끔거리고 있었는데, 정확히 세 번째 순간에 그녀와 눈이 맞았다. 나는 화들짝 놀라 고개를 앞으로 돌렸다. 그녀와 나 사이의 거리는 불과 세 발자국이었다.

— 제발 날 이상한 사람으로 생각하지 않았으면.

갑자기 발소리가 들리더니 내 옆에 누군가 앉았다. 그 여학생이었다. 그때 라디오에서는 비틀즈의 'Yesterday'가 나오고 있었다. 아마도 수습 기사가 직접 튼 노래였을 것이다. 라디오에서는 저작권 문제로 비틀스의 노래가 나오지 않았으니 그가 개인적으로 소장하고 있던 MP3 파일이나 테이프가 아닐까 싶었다.

그녀는 자기 귀에 끼고 있던 이어폰 한쪽을 내 귀에 꽂았다. 처음에는 아무 소리도 들리지 않았다. 나는 그녀의 얼굴을 쳐다보았다. 작은 얼굴에 난 주근깨가 코 주변에 퍼져 있었고, 눈매는 가늘게 찢어져 어디를 보고 있는지 알 수가 없었다. 젊은 기사는 우리가 무얼 하는지 전혀 관심을 가지지 않고 앞만 보고 달리고 있었다. 나는 그녀의 얼굴을 찬찬히 살펴보다가 목덜미에 시선이 멈추었고, 이어서 핑크 플로이드의 'The Dark Side of the Moon'이 들려왔다.

— 그래서. 글은 쓰고 있어?

언제부터 그녀와 말을 시작했을까? 우리는 그때 '안녕'이나 '하루키 소설을 좋아해' 같은 말의 시작점을 건너뛰고서 이야기를 나누고 있었다. 그녀는 대구 공항 전투기 소리에 말이 잠시 멈춘 것처럼 입 모양을 그대로 유지했다.

나는 한동안 글을 쓰지 못했다. 전업 작가도 아니면서 글 쓰는 게 뭐가 중요하냐고 물을지도 모르지만 내 경우에는 간단한 소통을 위한 문자조차도 적지 못했다. 여동생에게 언제 오느냐고 가끔 보냈던 문자도 근 일주일 동안은 보내지 않았다. 방에서 글자가 빼곡하게 적힌 일기장을 찢고 있는 내게 동생이 물었다.

—그걸 왜 찢어?

한동안 내가 쓴 글이 세상을 돌아다닐까 무서웠다. 그것들이 내가 의도한 바대로 세상은 사는 게 아니라 저들만의 방법으로 사람에게 다가설 것이 두려웠다. 그들은 밤중에 몰래 남의 집 안방에 들어가 무참히 사람을 죽일 수도 있었고, 한 사람을 토막 내어 강가에 버릴 수도 있었다.

— 그거만큼 세상에 무서운 게 어디 있어.

그녀는 내 대답을 들었다는 듯이 이어서 질문했다.

— 0은 있는 걸까, 없는 걸까?

0은 상태를 뜻하는 것이니 없는 건가? 아니면 0도 하나의 숫자이니 있는 건가? 0은 오묘한 숫자다. 다른 숫자들과 달리 어떤 숫자에 0을 곱해도 값은 결국 0이었다. 아이를 낳는 것을 유전자 간 단순한 덧셈으로 볼 수 없으니, 복잡한 함수라 본다면 분명 함수에는 곱셈이 포함되어 있을 것으로 생각했다. 그러면 그 곱셈이 포함된 함수 속에서 탄생한 내 가족도 0과 비슷하지 않을까 생각했다.

아무리 발버둥 쳐도 0에서 나온 것은 0이었다. 0에서 태어난 것들은 똑같이 0을 지니고 있었다. 아버지에게서 비롯된 어떤 0의 유전자는 나를 그와 같은 방향으로 무의식적으로 이끌고 있었다. 애매하게 있는 상태도 그렇다고 없는 상태도 아닌 0은 어디에도 명확히 속하지 못했다. 질문을 내게 던진 그녀에게도 나와 같은 0의 유전자를 가지고 있음에 틀림이 없었다. 그러니 0번 버스에 끌린 거겠지. 나는 그녀를 보며 말했다.

— 그럼 나도 52세에 선로에 뛰어들게 되는 걸까.

＊

버스가 잠시 멈춰 섰다. 주변을 둘러보았다. 한 번도 본 적 없는 붉은 바다였다. 한국에 이런 곳이 있었나 싶었다. 해조류의 비릿한 냄새는 느껴지지 않았다. 혹시 바이칼 호수나 빅토리아 호수가 아닐까 생각했다. 특히나 빅토리아 호수는 그 크기가 너무 커서 옛날 사하 원주민들이 짜지 않은 바다로 숭배했다고 한다. 물론 한국에 그런 호수가 있을 리는 없었다.

젊은 버스 기사는 어디로 갔는지 15분 뒤에 다시 출발한다는 메모를 남겨 놓고는 자리를 비워버렸다. 버스 주변을 살펴보았지만, 해변의 자잘한 모래들만이 햇빛에 비쳐 반짝거리고 있었다. 앞서 내린 그녀를 따라 모래 해변을 밟았다. 서걱거리는 소리가 귀에 깊숙이 남았다.

그녀는 바다와 해변의 경계에 가까이 다가가 물을 작은 손으로 떴다. 손에 담긴 붉은 바닷물을 입에 머금었다. 나는 다가가 그녀의 모습을 가만히 바라보았다. 그녀는 바닷물에서 피 맛이 난다고 했다. 내가 피를 먹어본 적이 있냐고 그녀에게 물었다. 그러자 그녀는 옛날에 피를 한 줌 먹어본 적이 있다고 말했다. 어떤 피냐고 물으니, 친구의 피라고 했다. 더운 여름이었는데, 친구와 함께 계곡 주변을 걷고 있었다고 했다. 그러다 친구가 이끼에 미끄러져 날카로운 돌에 무릎을 찧었고, 피가 열대 과일이 터지듯 철철 흘렀다. 그녀는 주저하지 않고 친구의 생채기에 입을 가져다 대고 빨았다. 내가 친구가 고마워했냐고 물었다. 그녀는 전혀 엉뚱한 대답을 내게 주었다.

— 사랑했었어.

그녀는 친구 생각이 난다고 했다. 더 듣고 싶지 않았다. 핏빛 바다를 향해 모래를 한 줌 쥐어 던져 넣었다.

— 너도 그런 적 있지 않아?

사실을 이미 알고 있는 정보국 요원의 심문이 이런 것일까. 끝이 단단하게 묶인 밧줄로 환부를 맞으며 심문을 당하는 특수요원을 상상했다. 아래가 저렸다. 나도 그녀를 따라 해변에 쪼그려 앉아 파도 없는 바닷물을 손에 떠 입에 머금어 보았다. 정말로 피 맛이 강하게 느껴졌다.

어릴 때 나는 밤마다 부풀어 오른 목에 숨을 제대로 쉬지 못했다. 숨이 쉬어지지 않자 잠을 제대로 잘 수가 없었고, 어린 나이임에도 항상 두통을 달고 살았다. 한때는 두통이 너무 심해서 목과 코를 손을 쳐가며 애꿎은 화풀이를 하기도 했다.

한날은 독감까지 걸려 40도에 가까운 고열과 함께, 목이 부어 숨을 헐떡거렸다. 하늘이 몇 바퀴 돌았고, 눈을 떠보았을 때, 플라스틱 호스가 콧구멍을 통해 숨구멍으로 억지로 들어가고 있었다, 피가 줄줄 흘러내렸다. 입에서는 피 맛이 강하게 느껴졌다. 그때 느낀 맛이었을까.

아니었다.

집에 돌아왔을 때, 할머니는 비릿한 향이 솟구치는 붉은 액체를 그릇에 받아 놓고 있었다. 그게 뭐냐고 물으니 불과 한 시간에 전에 잡은 수탉의 피라고 했다. 할머니들 사이에서 암암리에 전해지는 민간요법이었다. 그릇을 내게 밀어 놓으며 그것을 마시라고 했다. 그때 나는 숨만 쉴 수 있다면 매연이라도 폐에 밀어 넣고 싶은 심정이었다. 그래서 그것을 거리낌 없이 속에 넣었다. 목구멍으로 걸쭉한 액체가 쏟아져 들어갔다. 속에서는 피비린내가 났고, 입에서는 괴혈병이라도 걸린 것처럼 피 맛이 느껴졌다. 그릇을 내려놓자마자 할머니는 오렌지 맛 사탕을 내 입에 넣어주었다. 상상하기 힘들 정도로 달콤했다. 이후에도 나는 할머니가 시장에서 받아온 피를 몇 번이나 더 마셨다. 그때마다 오렌지 맛 사탕은 달콤하게 내 입안을 적셔주었다. 우연의 일치로 피 때문인지는 모르겠으나, 얼마 지나지 않아 목은 크게 부풀지 않았고, 몇 달이 지나자 처음으로 깊은 숨을 쉴 수 있었다.

그 기억 때문일까. 나는 바닷물에서 미묘하게 오렌지 맛 사탕 향을 느낄 수 있었다. 설탕에서 나는 오렌지 향. 실제 오렌지와는 다른 향이었다. 조금 더 눅눅했고, 지나치게 상큼했다. 말을 걸기 위해 고개를 돌렸으나 해변 어디에도 그녀는 없었다. 바다는 여전히 붉은 빛이었고, 소금 냄새는 나지 않았다.

— 변한 것은 무엇이었을까.

다시 버스로 돌아갔다. 기사는 머리를 가다듬으며 날카로운 눈빛으로 앞을 바라보고 있었다. 나는 기사가 무얼 보고 있는지 궁금해 그가 보는 방향으로 고개를 틀었다. 해안가를 따라 뻗은 도로는 제 몸을 꼬며 해안선 너머에서도 이어지고 있었다.

나는 도로의 끝이 해변에 있다고 믿었다. 〈노킹 온 헤븐스 도어〉에서 주인공들이 마주하는 그런 해변 말이다. 어딘가에서부터 시작된 도로는 도시와 대륙을 가로지르다 해안가를 만나게 되고, 점점 해변의 모래에 파묻힌다. 해변 도로를 따라 걷다 보면 어느새 자취를 감춰버린 도로를 본 적이 있을 것이다. 그런데 이곳 도로는 달랐다. 이어지고, 이어져서 어디가 끝인지 알 수 없었다. 해변에 파묻혔던 도로가 다시 방향을 틀어 고개를 내밀어 언덕 너머로 뻗어가고 있었다. 이해할 수 없었다.

나는 고개를 숙여 기사에게 인사했다. 그 역시 고개를 따라 끄덕였다. 이어서 반응이 없자 처음 앉았던 자리에 가서 앉았다. 그녀가 어디로 갔는지 보이지 않았다. 기사가 버스에 시동을 걸었다. 탈탈탈, 하고 팬 돌아가는 소음과 함께 차체가 떨리기 시작하더니 시동이 걸렸다.

기사에게 아직 한 사람이 타지 않았다고 말해야 했다. 자리에서 일어나 기사에게 다가갔다. 기사는 여전히 앞을 내다보고 있었다. 그의 어깨를 툭툭 쳤다. 그가 나를 올려다보았다. 얼굴에는 주름이 가득 들어서 있었다. 나는 잠시 망설이다가 아직 한 사람이 오지 않았다고 말했다. 그러자 기사가 물었다.

— 여기, 내리시는 분 아닙니까?

나는 기사의 물음에 답하지 못했다. 그녀의 목적지가 어딘지 몰랐다. 이 해변이 그녀의 목적지일지도 몰랐다. 그건 아니라고 생각했다. 만약 이곳이 목적지라면 그녀는 왜 시내로 향하는 0번 버스를 탔는가. 이곳 해변은 네온사인 간판과 취객들로 번잡한 시내와는 전혀 다른 공간이었다. 내가 말을 하지 못하고 가만히 서 있자. 기사는 내 눈치를 보더니 80년대 트로트를 다시 흥얼거리기 시작했다.

다시 자리에 가서 앉았다. 기사는 누구도 타지 않을 것을 알면서도 잠시 승객을 기다렸다. 바다의 철썩이는 파도 소리가 시계 초침을 앞으로 당기는 것 같았다. 시계가 정각을 가리키자 기사는 열어놓은 문을 닫았다.

똑같은 풍경이 이어졌다. 그러나 이번에는 팬지꽃 색깔

의 보랏빛 바다였고, 버스는 절벽에 매달린 좁은 도로를 상당히 빠른 속도로 달리고 있었다. 다가오는 차라도 있었다면 차를 먼저 빼라며 욕설이 오고 갔을 만한 좁은 도로였다. 똬리를 튼 뱀 같은 도로에 버스가 자주 한쪽으로 쏠렸다. 바퀴가 살짝 허공에 뜬 느낌이 들었으나 어디까지나 느낌일 뿐 실제로 넘어가지는 않았다. 기사는 브레이크가 고장 난 것처럼 급격하게 핸들을 좌우로 틀었다.

실제로 허공에 바퀴가 잠깐 떴을 때, 저 멀리 도로 위에서 여학생이 보였다. 그녀는 가만히 팔짱을 끼고는 도로 한가운데서 무언가를 기다리고 있었다. 버스는 빠른 속도로 도로를 달려갔다. 버스와 그녀와의 거리는 점점 좁혀져만 갔다.

나는 기사에게 소리를 지르려 했지만, 소리는 목구멍을 빠져나오지 못했다. 목구멍이 옛날처럼 지나치게 부풀어올라 있었다. 아마 내가 소리를 질렀더라도, 기사는 듣지 않았을 것이다. 그는 반쯤 정신이 나간 모습이었다. 1번 버스와 내기 경주라도 하는 것인지 그는 나의 손짓에도 아랑곳하지 않았다. 나는 기사가 미쳤다며 손가락으로 욕을 해댔다. 그런데도 속도가 전혀 줄지 않자 충격에 대비해 창틀을 잡으려 했다. 그 순간 버스가 크게 곡선을 그렸고, 나는 바닥으로 고꾸라지고 말았다.

눈을 떴을 때 버스는 멈춰 있었고, 고무 타는 냄새가 버스

안을 메우고 있었다. 나는 기사가 사고를 냈다고 생각했다. 사고를 당한 여학생은 그대로 절벽으로 튕겨 나갔거나 버스 바닥으로 빨려 들어가 바퀴에 몸이 찢겼을지도 몰랐다. 어찌 됐건 신고를 하고, 경찰이 오기 전까지 현장을 보존하는 것은 기사와 나의 몫이었다. 나는 자리에 반쯤 누워 숨을 깊게 쉬었다. 사고가 났다면 기사를 따라 처참하게 찢어진 시체를 봐야 했기 때문이었다.

— 환승입니다.

고개를 문 쪽으로 돌렸다. 여학생이 버스에 올라타고 있었다. 그녀는 웃는 표정을 하고서 내게 걸어왔다. 이마에 흐르고 있는 땀은 살구색 빛으로 싱그럽게 보였다. 나는 자세를 고쳐 앉아 정중하게 그녀를 내 옆자리로 안내했다.

— 어디 갔었니?

버스가 다시 움직이기 시작했다. 더는 곡선이 아닌 앞으로 뻗은 직선도로 위를 달렸다. 그녀는 이마에 맺힌 땀을 손으로 훔쳐냈다. 대답이 없자 나는 다른 것을 물었다.

— 여기 와 본 적 있니?

그러자 그녀가 파나마의 여름 저녁노을 색으로 물든 창밖을 보며 말했다.

— 응, 한 번. 그땐 친구를 못 만났어.

— 친구 누구?

— 아까 말한 친구.

— 그 친구는 어디 있는데?

그녀가 나를 뚫어지게 쳐다보았다. 눈은 작았지만, 속은 검고 깊었다. 불과 몇 초였지만 며칠이 지난 것 같았다. 그녀의 얼굴은 익숙했다. 마주친 적이 있는 얼굴인 것 같았다. 초등학교, 중학교, 고등학교, 학원, 여자니까 군대는 아닐 것이다. 대학교, 미팅 자리, 회사, 수천 명의 얼굴이 스쳐 지나갔지만, 그녀의 미소와 보조개를 가진 사람은 없었다. 혼란스러웠다. 나는 그녀가 답하지 못할 질문들을 늘어놓기 시작했다.

— 혹시 우리가 만난 적이 있니?

그녀는 돌아보지도 않았다.

— 내가 너에게 무슨 잘못이라도 했니?

머리를 넘기기만 했다.

— 나한테 왜 그러는 거야? 왜?

이 모든 질문의 대답은 그녀의 하품이었다. 대답하기 싫다는 뜻이었다. 금방 나도 그런 그녀의 반응에 싫증을 느끼고 입을 닫아버렸다. 버스는 전등이 달리지 않은 완전한 암흑 터널에 들어가려 했다. 터널 입구에 머리가 들어가는 순간 목적지를 알리는 전광판에서 빛이 났다. 빛은 글자를 그리고 있었다.

2번 지구까지 47분 3번 지구까지 1시간 35분 4번 지구

까지 2시간 22분….

2번 지구를 시작으로 전광판의 숫자가 계속해서 쌓여가고 있었다. 12번 지구까지 10시간 38분이라 나왔을 때, 문득 나는 겁을 느끼기 시작했다. 말없이 전광판을 보고 있는 그녀에게 물었다.

— 이 버스, 어디로 가는 거야?

이 질문은 다른 질문과는 달랐다. 그녀는 하품하던 것을 멈추고 내게 나이에 맞는 발랄함으로 물었다. 속눈썹이 남색으로 변해가는 하늘처럼 짙었다.

— 어디로 가는 것 같아?

나는 불이 번뜩이는 전광판을 가리키며 말했다. 전광판에는 끊임없이 숫자가 쏟아지고 있었다. 2번 지구. 나도 내가 무슨 말을 하는지 알 수 없었다. 2번 지구는 또 뭐고. 사람을 납치하는 외계인이 사는 곳인가. 이상한 비행접시가 날아다니고, 미끈한 피부를 가진 외계인이 사람을 해부하고, 장기를 꺼내는 그런 곳. 내가 말이 없자 그녀는 차창 밖의 어둠을 주시하고 있었다. 내가 머릿속으로 2번 지구에 대해 이상한 상상을 하고 있을 때 그녀가 말했다.

— 거기엔 친구가 있어. 다시는 못 볼 친구.

그러고는 내가 미처 예상하지 못한 말을 그녀가 꺼냈다.

— 너 아버지도. 네 아버지의 아버지도.

나는 아득해진 표정으로 그녀를 바라보았다. 그 순간 TTS 프로그램으로 녹음된 방송이 흘러나왔다.

본 버스는 이번에 개정된 회사 규정상 2번 지구로 향하지 않습니다. 2번 지구에 내리실 분은 기사에게 직접 문의해주시길 바랍니다. 더불어 터널에서 창문을 여는 행동은 버스 운행에 큰 방해가 되기 때문에 승객 여러분의 각별한 주의를 부탁드립니다.

아버지와 아버지의 아버지가 사는 세계. 그런 세계가 정말 존재할까? 정말, 존재하면 어떻게 살고 있을까. 2번 지구의 나와 여동생을 먹여 살리기 위해 또 넥타이를 매고 계실까? 아니면, 똑같이 선로에 뛰어들었을까? 그것도 아니면 엄마를 다시 만났을까. 만나면 무얼 물어야 하나. 그냥, 옛날처럼 저 왔어요, 하고, 그래, 하고 부자간 어색하게 머리를 긁으면 되는 건가.

나는 그녀를 물끄러미 쳐다보았다. 목적지까지 한참 시간이 남은 사람처럼 그녀는 고개를 끄덕거리며 졸기 시작했다. 자리에서 일어나 기사에게 다가갔다. 기사는 어쩐지 외면이 전보다 늙은 것처럼 보였다. 얼굴에는 검버섯이 가득했고, 볼이 늘어져 흘러내리고 있었다. 기사에게 물었다. 마치 내가 원래 있던 N번 지구에서 이 버스가 시장에 가느냐고 물을 때처럼.

— 2번 지구, 가나요.

그는 나를 보지도 않고 말했다.

— 예, 가지요.

나는 다시 기사에게 물었다.

— 거기는 어떤 곳이죠?

기사는 버스 기사 특유의 불친절한 말투로 내게 말했다.

— 당신은 압니까?

— 아뇨.

— 그럼 저도 모릅니다. 정류장만 매일 거쳐 가는 버스 기
산데 뭘 알겠어요? 주말인데 쉬지도 못하고.

속이 두근거렸다. 0번 버스를 탄 것은 온전한 내 선택이
었을까 아니면 내 과거의 선택들이 만든 또 다른 선택이었
을까. 나는 자리에 가만히 앉아 멀어져 가는 지구를 보았다.
나와 기사와 그리고 여자를 태운 0번 버스는 2번 지구와 2
번 지구가 아닌 곳으로 가고 있었다.

맛과
맛 사이

2022년 <제로원> 수록

하늘은 푸르렀고, 물은 맑았고, 열매들은 알맞게 익어가고 있었다. 노랗게 물든 벼의 머리를 손가락으로 툭 건드리기라도 한다면 낱알들이 쏟아질 것만 같았다. 사과나 배는 또 어떻고. 나무에 매달려서 맛나게 익어가는 과일들을 보기만 해도 침이 가득 입 안에 고였다. 가끔 땅으로 툭툭 떨어지는 열매들은 마치 우리를 유혹하는 것처럼 보였다. 저걸 먹지 못하다니.

아쉬운 마음이 퍽 심하게 들었다.

"거긴 좀 있을 것 같아?"

일등 셰프의 외침에 나는 고개를 저었다. 우리 둘 다 삽질을 하느라, 온몸이 흙으로 범벅이었고, 방독면 렌즈에는 김이 껴 앞이 제대로 보이지 않았다.

"통조림은 개뿔, 탱크도 안 보여. 여기 맞아?"

일등 셰프는 주머니에서 지도를 꺼내 확인했다.

"그래, 제1여단이 여기서 핵전쟁 소식을 듣고 나서 방공호로 뛰어왔다고 했어."

내가 고개를 빼어 그를 물끄러미 바라보자, 그가 숨을 헐떡거리며 말했다.

"맞다니까. 대통령이 분명 여기라고 했어."

"아니, 그 양반, 방사능에 노출돼서 머리가 혜까닥 돈 거 아니야?"

내 물음에 일등 셰프는 답하지 않았다. 다시 고개를 묻고는 땅을 파기 시작했다. 우리들의 목적은 오직 하나, 요리 재료를 구하는 것이었다. 우리가 저 싱싱한 재료들을 놔두고 땅을 파는 것은 순전히 손님의 요청에서 시작됐다.

내가 속한 J 레스토랑은 방공호 내에 위치한 상위 0.01퍼센트만을 위한 최고급 레스토랑으로, 유일한 음식 보급품인 '단백질 주스'에서 최상의 '맛'을 찾아 주는 것으로 유명했다. 특히나 내가 단백질 주스를 강판에 얇게 편 다음 기계실에서 뿜어져 나온 수증기에 튀겨 만든 '오므라이스'는 핵전쟁으로 지구가 멸망하기 전에 생산된 레토르트 식품과 근접하다는 평을 들을 정도였다. 그러나 어디까지나 우리는 손님이 가져온 배급품인 단백질 주스를 가지고서 요리를 했지, 이렇게 직접 재료를 찾으러 방공호 밖으로 나온 적은 없었다.

어제 우리 레스토랑에 누군가 찾아왔다. 일등 셰프는 그를 보자마자 눈을 크게 뜨고서 요리 중이던 나를 불러 세웠다. 나는 바로 뒤를 돌아보았고, 그곳에서 대통령을 보게 되었다. 그는 인류를 구원한 국부이면서 동시에 잔인한 독재자였다. 몸에 힘이 들어갔다. 나는 그에게 악수를 청하려다 손에 묻은 단백질 주스를 보고는 얼른 손을 뺐다. 대신, 무엇을 먹고 싶냐고 그에게 물었다. 그는 우리에게 '방공호에 없는 음식'을 먹고 싶다고 했다. 일등 셰프가 고개를 조아리며 거절했다.

"죄송합니다… 손님… 저흰 손님이 가져온 배급품으로만 요리를 합니다…."

대통령은 눈을 부라리며 말했다.

"내가 이렇게 여기까지 와서 부탁하는데?"

거기까지였다면 지시 불이행으로 처형되는 쪽을 고르려 했다. 이렇게든, 저렇게든 목숨을 걸어야 한다면, 차라리 고생하지 않고 죽는 게 마음이라도 편할 것 같았다. 대통령은 침을 튀겨 가며 말했다.

"정말, 최고의 맛이었지. 제가 먹어본 모든 음식 중에 최고로. 뜨끈한 국물이며, 탱글탱글한 면발과, 짭조름한 건더기까지…."

대통령의 묘사에 절로 침을 고였다. 내 머릿속에는 없는 어떠한 맛, 뭐로 만들었는지 모를 역한 단백질 주스에서는 느낄 수 없는 그 맛이 본능처럼 떠올랐다. 1대 생존자들이 전설처럼 말하던 '오토바이를 타고 날아온다는 음식'이 왜 생각났는지는 모른다. 일등 셰프도 마찬가지인 것 같았다. 그는 침을 삼키는 것으로 모자라서 턱에도 침을 흘려댔다. 대통령이 말했다.

"내 목숨과 그 요리 둘 중 하나만 고르라고 하면, 난 요리를 고르겠어. 어째, 내가 자네들도 먹을 기회를 주겠네, 할 텐가?"

그 말에 껌뻑 넘어간 일등 셰프와 나는 곧바로 앞치마를 벗어 던졌다. 지극히 요리사다운 결정이었다. 대통령이 약속한 부와 명예보다도 그 음식 맛이 너무나도 궁금했다. 우리는 기꺼이 납으로 만든 옷을 입고서 머리에는 방독면을 썼다. 거기에 삽과 곡괭이까지 드니 걸음을 옮기는 것조차 힘이 들었다. 그러나 대통령이 알려준 땅에서 나온 것은 고구마나 칡같이 방사능에 오염된 식물들뿐이었다. 나는 그대로 자리에 주저앉았다. 일등 셰프도 지쳤는지, 누운 상태로 내게 말했다.

"야, 그냥 주변에 있는 거 가져갈까? 겉으로 봐선 다를 게 없잖아."

"안 돼. 방사능 중독으로 얼마 못 가서 들킬 거야. 그리고,

전부 품종이 달라."

"품종이 다른 게 왜? 겉으로 봐서는 같은 사과나 배구만."

나는 힘겹게 자리에서 일어나서는 삽을 들어 올렸다. 대통령이 내게 했던 '바나나 이야기'가 떠올랐다. 20세기 사람들이 먹던 바나나와 21세기 사람들이 먹던 바나나의 맛은 확연하게 달랐다. 바나나는 특이하게 전 세계에 퍼진 모든 개체가 '같은 품종에 같은 유전자'를 가지고 있었다. 그 복제품들은 일정한 맛을 낼 수는 있었으나, 질병에는 취약했다. 목재 건물에 불이 붙듯이 질병은 빠른 속도로 복제품들을 집어삼켰고, 질병이 발병한 지 한 세기도 지나지 않아 20세기 바나나는 자취를 감추었다.

나는 주위를 둘러보며 일등 셰프에게 말했다.

"여기도 마찬가지야. 겉으로는 전과 같아 보이더라도, 모두 방사능에 오염되어 있어. 이제 저기서 예전의 맛을 찾아볼 수가 없지. 궁금해. 도대체 무슨 맛이었을까?"

내가 말을 마치기도 전에 일등 셰프가 일어나 삽을 집어 들었다. 나도 마찬가지였다. 우리 둘은 굶주린 멧돼지처럼 열심히 땅을 파기 시작했다. 잠시 후 저 멀리서 소리가 들려왔다.

"찾았어!"

나는 일등 셰프가 있는 곳으로 한걸음에 달려갔다. 그곳에는 방공호 해치처럼 보이는 탱크 입구가 보였다. 우리는 열심히 주변부 흙을 퍼내고는 입구를 열었다. 안으로 들어가자, 먼지가 피어올랐다. 제일 먼저 탄을 넣는 곳이 보였고, 심지어 조종실에는 군복을 입고 있는 시체들도 있었다.

모든 것이 핵폭발이 일어나기 전 그대로 남아 있었다.

시체들은 우리처럼 방독면을 쓰고 있는 데다, 방진복까지 입고 있었다. 그들은 방사능의 영향인지 미라처럼 바싹 말라 있었다. 나는 물끄러미 그들을 바라보았다. 그들이 우리와 같은 인간처럼 보이지는 않았다. 일등 셰프는 멍하니 서 있던 나를 지나쳐 시체에 다가가서는 이곳저곳을 살폈다. 일등 셰프는 병사 하나가 메고 있던 방독면 가방에서 뭔가를 꺼냈다.

"여기 있다!"

일등 셰프의 손에는 봉지 하나가 들려 있었다. 국물이 얼큰하고, 면은 쫄깃하다는 그 음식이 담겨 있다는 봉지였다. 봉지 겉면에 그려진 음식 사진을 보았다. 건더기 스프에 든 파, 당근 등의 채소와 더불어 빨간 스프에 들어 있는 MSG의 핵심 원료인 사탕수수는 방사능에 의해 유전자가 변형되면서 세상에 없었다. 우리 둘의 방독면 안에는 이제 땀보다 침이 가득했다. 돌아갈 수 없는 여행을 떠나는 것만 같았다.

신생아처럼 봉지를 꼭 껴안고서 방공호로 돌아가는 길이었다. 나는 가을바람에 흔들리고 있는 사과를 보았다. 나무에 매달린 사과는 가을 햇볕을 받아 매끈했다. 까치 같은 새나 애벌레가 파먹지 않아서였다. 그만큼 완벽했으나 동시에 이질감이 들었다.

빛보다 빠른
빛

모든 이의 죄를 지고서 죽은 사람이 있다. 정확히 3일 후에 부활한 그는 메시아이자, 신으로 사람들에게 추앙받았다. 본래 사람들은 자신들의 먼 조상이 저지른 죄를 안고서 살아가고 있었다. 그들이 저지른 죄는 다른 선행으로 덮을 수 없는 종류의 것이었다. 세상에 발을 내딛지도 않은 신생아마저 지옥으로 떨어지는 세상이었다. 그러나 그의 희생으로 사람들은 '원죄'라는 자신이 짓지도 않은 죄를 용서받아 지옥에 가지 않게 되었다. 곳곳에 거대한 사원이 건설됐고, 사람들은 그를 향해 기도했다.

오늘날은 그 반대였다.

오전 5시. 서울 여의도, 달이 져 가는 이 시간에도 슈트를 멀끔하게 차려입은 사람들이 거리를 쏘아 다니고 있었다. 그들은 나와 달리 무표정했다. 나는 철제 난간 앞에 섰다. 불어오는 바람에 이마가 훌렁 드러났다. 빗물이 살짝 고여 있는 난간에 이마가 비쳤다. 이마에는 검은색 숫자들로 가득했다.

7억 6,347만 3,421원.

초 단위로 이자는 불어나고 있었다. 보기 싫어 앞머리를 내리고는 고개를 젖혔다. 난간을 잡은 손에 힘이 들어갔다. 땀으로 축축했다. 해가 뜨려 하는 방향에서 가로등이 차례로 꺼졌다. 카운트다운을 하는 것 같았다.

얼른 해야 해.

난간 밖으로 상체를 내밀었다. 이곳에 오기까지 큰 노력과 인내심이 필요했다. 일주일 동안 경비의 눈을 피해 배수관에 숨어서 쥐처럼 썩은 물을 받아 마시며 버텨야 했다. 밤이 되면 경비원들의 교대 시간을 이용해서 줄톱으로 옥상문에 매달린 자물쇠를 잘라야 했다.

드디어 오늘이 디데이였다. 자물쇠가 잘렸고, 나는 옥상 난간 위에 섰다. 그들의 심장부에 어떻게든 흔적을 남기고 싶었다. 내가 할 수 있는 최선이었다. 이제껏 온갖 방법을 동원했지만 모두 실패했다. 욕실에서 손목도 그어보고, 공원에서 농약도 삼켜보고, 한강대교에서 목도 매달아봤다. 그때마다 나는 이곳에서 눈을 떴다. 건너편 창문에 내가 있는 건물 전광판이 반사되어 보였다.

추심 위원회.

아래로 몸을 날렸다. 나는 죽고 싶었다.

"고맙다."

어머니의 마지막 말이었다. 나는 어머니의 손을 잡고서 눈물을 흘렸다. 어머니를 보았다. 온갖 관들이 몸을 통과하고 있었다. 코에는 산소 호흡기가, 위에는 음식물 주입 관이, 그 아래에도 마찬가지였다. 사람보다는 비틀어진 고목처럼 보였다. 서류 하나가 내 뺨을 쳤다. '채무 이전 확인서'였다. 공무원이 내게 서류를 이번에는 다소곳이 내밀었다.

"서명하시죠."

나는 주저했다. 어머니는 내게 '제발'이라 입 모양을 뻥긋하고 있었다. 아버지의 모습과 겹쳐 보였다. 마지막으로 봤던 아버지는 아버지라 부르기 애매할 지경이었다. 액체가 가득한 투명한 관 속에 뇌가 하나 둥둥 떠 있었다. 조잡한 할로윈 소품처럼 보였다. 혈관이 까만 것으로 봐서 담배를 입에 달고 다니셨던 아버지는 맞는 것 같았다. 공무원은 그 옆에서 웹캠이 달린 노트북 한 대를 열어 내 쪽으로 향했다. 메모지에 글자가 적혔다.

— 아들아. 나 좀 죽여다오.

그때 어머니가 아버지의 채무를 일부 나눠 받은 것처럼 나는 어머니의 채무를 받아야만 했다. 어찌 보면 유서 깊은 제도였다. 조선시대에는 옆집이 세금을 내지 않고 야반도주하면 그 옆집이 도망친 집의 것까지 함께 내야만 했다. 북한도 5호담당제라 하여 서로를 감시하게끔 만들고는 하나가 문제를 일으키면 나머지 넷에게 함께 처벌을 내렸다. 유전자란 게 이런 걸까? 나는 그들의 심정을 고스란히 느낄 수 있었다.

나의 어머니는 고맙다는 말도 하지 못했다. 내가 서류에 서명을 하자마자 공무원은 어머니의 생명 유지 장치를 껐다. 어머니는 반사적으로 몸을 버둥거렸으나, 입술이 터질 때까지 입술을 꽉 깨물었다. 이윽고 어머니는 몸에 힘을 최대한 풀고서 눈을 감았다. 마치 지옥에서 도망가는 것만 같았다. 공무원이 서류를 정리하며 내게 말했다.

"지방세 미납분은 내달 10일까지 상환 부탁드립니다."

오늘날 산 사람은 죽은 이의 빚을 지고 산다. 빚은 사람이 죽어도 소멸하지 않았다. 아니, 애초에 빚을 진 사람은 마음대로 죽을 수도 없었다. 채무추심위원회는 어떤 상황이든 채무자를 살려냈다. 그들은 그 과정에서 눈부시게 발전한 과학 기술을 활용했다. 자유자재로 형태가 변하는 나노봇, 목이 잘려도 뇌에 영양을 공급하는 생명유지장치 등 이 모든 첨단기술을 위원회는 돈을 받아내기 위해서라면 어떤 기술이든 최대한 활용했다. 채무자가 자살을 시도하면 할수록 구조비라는 명목으로 갚아야 할 돈은 더욱 늘어났다. 남은 선택지는 두 가지였다. 빚을 갚거나, 다른 이에게 빚을 넘기거나.

시작은 미약했다. 우리 집은 일주일에 한 번꼴로 치킨을 시켜 먹던, 아주 평범한 대한민국의 가정이었다. 어느 날, 아버지가 교통사고를 냈다. 쌍방이었지만, 상대 차량은 외제차였다. 보험이 보장하는 범위를 아득히 넘어선 데다, 신호위반 벌금까지 나오자, 아버지는 은행에서 돈을 빌리기로 했다. 감옥에 가는 것보다는 나을 것으로 생각했다. 그러나 잘못된 생각이었다. 빚은 바퀴벌레처럼 순식간에 불어났다. 아버지는 빚을 갚기 위해 대리운전, 목욕탕 청소 등 일들을 닥치는 대로 하다가 결국에 과로로 쓰러졌다. 다행이라 해야 할까, 감시용 나노봇들이 곧장 아버지를 생명유지장치에 넣어 아버지는 목숨을 부지할 수는 있었으나, 바로 다음 날 채무이전서가 어머니와 내게 날아왔다. 구조 비용이 청구된 어마어마한 금액이었다. 어머니와 내게는 돈이 없었다. 이번에는 어머니가 은행에서 돈을 빌렸다.

그렇게 빚은 기하급수적으로 불어났다. 채무추심위원회 위원들은 끈질기게 우리를 괴롭혔다. 손을 대지는 않았지만, 나노봇을 활용해 늘 옆에서 우리를 감시하며 모든 일에 딴지를 걸었다. 아버지는 병상에 누운 상태에서도 온라인 설문조사에 답하는 알바를 해야만 했다. 하루는 아버지는 변기와 관련된 2,500개의 설문조사를 하다가 내게 자신을 죽여달라 했다. 그러나 아버지는 죽지 못했다. 그들은 어떻게든 채무자를 살려냈으니까. 신장이 망가지면 강제로 몸에 관을 꽂거나, 심하면 뇌만 꺼내 놓기도 했다. 그렇게 빚은 아버지에게서, 어머니에게로, 어머니에게서 내게로 옮겨졌다. 내게 그 빚이 왔을 때는 내 자식의 자식까지 평생 일만 해도 갚지 못할 만큼 불어나 있었다.

개인 회생이나 파산 같은 채무 조정은 오늘날 의미가 없었다. 죽지 않는 이상 어떻게든 빚은 갚아 나갈 수 있었다. 끔찍했다. 남에게 넘기지 않는 이상 나는 끔찍한 굴레 속에 평생을 살아야 했다. 어머니가 돌아가신 후 병원을 나와서는 나는 내 빚을 넘겨받을 다른 가족을 찾기 위해 핸드폰 목록을 뒤적거렸지만, 아무도 보이지 않았다. 나는 내 부모님처럼 살아갈 용기가 없었다.

나는 내가 모든 빚을 안고 가기 위해 어떻게든 죽기로 했다.

✳

눈을 떴다. 꿈을 꾼 것 같았다. 많은 일들이 있었지만, 마치 현실은 변하지 않은 것처럼. 고개를 돌려보니 익숙한 문구가 벽에 적혀 있었다.

갚지 못할 돈은 빌리지 말라.

채무추심위원회였다. 고개를 돌려보니 사람들이 줄지어 침대에 결박되어 있었다. 이마에는 나처럼 숫자가 적혀 있었다. 채무자들이었다. 갑자기 문이 열리더니 벌레가 나는 소리가 들렸다. 순간 말벌 떼인 줄 알고서 묶여 있던 팔들을 허우적거렸다. 슬쩍 보니 사람 하나가 허공에 떠 있었다. 그녀의 등과 허리, 그리고 다리에는 쇠구슬들이 가득했다. 나노봇이었다. 나노봇은 그녀를 자리에 눕혔다. 그녀는 약물을 과다 복용했는지 거품을 물고 있었다. 나노봇은 순식간에 그녀의 입속으로 들어갔다. 일말의 주저도 없었다. 곧이어 그녀는 삼켰던 수십 알의 수면제를 토해냈다. 그렇게 그녀는 살게 되었다.

"일어나셨네요."

전에 어머니 병원에서 보았던 공무원이 서 있었다. 그는 조끼를 겹쳐 입은 쓰리 버튼 정장을 입고 있었다. 입가에는 커피 자국이 묻어 있는 걸로 보아 점심 부근인 것 같았다. 그가 말했다.

"기물 파손에, 무단 침입까지. 채무가 더 늘어나겠어요."

그는 내게 서류를 내밀었다. 읽어볼 필요도 없었다. 수많은 숫자 중 어느 하나가 늘어날 뿐이었다. 나는 그에게 애원하듯 말했다.

"제발, 죽여주세요."

그는 고개를 저었다. 공무원 특유의 차가운 목소리로 대답했다.

"돈을 빌렸으면 갚아야죠."

나는 일어나려 했으나 침대에 손발이 묶여 있었다. 그 상태로 그를 향해 열변을 토했다.

"내 아버지나 어머니가 은행에 돈을 빌린 적은 있어도, 나라에 빌린 적은 없어요. 나도 마찬가지이고요. 대체 나한테 왜 이래요?"

그는 한숨을 크게 내쉬고는 시계를 보았다. 1시 5분. 점심시간은 끝났고, 퇴근까지는 아직 한참이었다. 그는 뒤에 놓여 있던 의자를 내 앞으로 끌고 오더니 털썩 주저앉아서 설명을 이었다. "아뇨. 선생님께서는 나라에 돈을 빌리셨습니다."

내가 항변하려 하자, 그는 내 입을 막고서는 말을 이었다.

"우선 선생님이 선생님 어머님 뱃속에 생겼을 때부터 계산해 보죠. 물론 그전에도 계산할 수 있는데, 법적으로는 수정이 되었을 때니까요. 임신 사실을 확인할 때, 초음파, 유전자 검사에 정부 보조금이 절반 들어갑니다. 그리고 임신 사실이 확정되면 가족 보조금, 건강검진 등에 돈이 쓰이고요. 태어나서는 또 어떻습니까? 교육부터 의료 보험 등등 선생님이 성인이 되어 일을 하시기까지 엄청난 돈이 들어간다는 말입니다. 그게 전부 그냥 나오는 돈이겠습니까? 전부 빚이에요. 빚. 누군가는 갚아야 할 돈입니다."

"제가 태어나고 싶어서 태어났습니까? 그렇게 해달라고 했습니까?"

나는 화가 나서 그렇게 외쳤다. 그러자 그는 두 손을 들고서 말했다.

"그럼, 저희가 태어나라고 했습니까? 그렇게 자랄 때는 아무 말도 안 하다가 지금 와서 갚지 않겠다니. 무슨 심보입니까? 앞으로 태어날 아이들에게 미안하지도 않아요?"

어이가 없었다. 그는 눈을 감고는 심호흡을 크게 했다. 혈색이 돌아오더니 헛기침을 몇 번 했다. 그가 침대 끝에 걸려 있던 서류 더미를 살피며 내게 말했다.

"선생님. 벌써 네 번째 자살 시도입니다. 채무 추심법 제23조 5항에 따라 강제 추심을 진행하겠습니다."

나노봇들이 갑자기 내가 누워 있던 침대를 움직이기 시작했다. 그들이 내는 고주파에 머리가 어지러웠다.

"강제 추심이라니. 난 가진 게 없어! 집, 차도 전부 압류당했단 말이야!"

그가 내 몸을 가리켰다.

"몸이 남지 않았습니까? 일을 하셔야죠."

단번에 그 자리에 있던 수십 명의 채무자들이 끌려갔다. 목적지는 알지 못했다. 모두가 소리를 질러 댔다. 두려웠다. 나노봇들이 온 얼굴을 뒤덮었고, 나는 의식을 잃었다.

＊

어제 한 사람이 궤도 전차를 향해 몸을 던졌다. 높은 곳에서 떨어지는 것이나, 쇠붙이로 목을 긋는 것과는 차원이 달랐다. 전차 바퀴에 몸이 말려들어 가며 피가 사방에 튀었다. 얇은 살점들만 자리에 남아 있었다. 비명은 들리지 않았다. 오히려 그의 동료가 말하기를 전차에 뛰어들기 직전에 그는 웃고 있었다고 했다. 절규나 비명이 아니라니. 그 모습을 보고서 몇 사람이나 더 전차에 뛰어들려고 시도했으나 공무원들의 제지로 미수에 그치고 말았다. 아쉬웠다.

내가 먼저 뛰어들 수도 있었는데.

눈치만 보다가 선수를 뺏겼다. 이후 우리들은 작업장에 가기 위해 전차에 탑승하러 갈 때마다 수갑을 차는 수고를 겪어야만 했다. 그러나 공무원들은 그런 끔찍한 상황을 두 눈으로 보았음에도 심드렁한 표정을 짓고 있었다. 그들은 마치 그의 죽음까지 예상했다는 듯이 평소처럼 일했다. 우리는 그들 특유의 혼이 죽은 눈빛에 심한 좌절감을 느꼈다. 얼마 지나지 않아 안드로이드 한 대가 이곳에 도착했다. 안드로이드가 싸구려 기계음을 내며 말했다.

"전차에는 뛰어들지 마세요. 많이 아프더라고요."

메모리칩만 남아 있으면 어떻게든 안드로이드로 되살릴 수 있었다. 메모리칩은 머리 중심부에 자리 잡고 있어 마음대로 꺼낼 수도 없었다. 내 주변에만 해도 벌써 세 명이나 자살을 시도하다 안드로이드가 됐다. 그들은 말 그대로 지옥에서 살게 되었다. 먹는 기쁨도, 자는 기쁨도 그들은 누리지 못하고 계속해서 일만 해야 했다. 지옥 중의 지옥이었다. 더불어 그들의 빚에는 안드로이드 몸체와 이식 비용까지 추가되었다.

어설프게 죽어서는 안 됐다. 추심위원회는 악랄했고, 그 너머에 있는 돈 많은 이들은 악 그 자체였다. 그들은 내가 안드로이드가 되든 말든 그들에게는 내게서 돈을 회수하는 것이 가장 최우선이었다.

인간들은 안드로이드들이 충전하고 있을 때만 쉴 수 있었다. 일주일 전만 해도 충전하는데 5분 정도 시간이 걸렸으나 최근에는 신기술이 적용된 급속충전기 때문에 30초면 끝났다. 담배는 무슨 허리를 부여잡고 한숨을 크게 내쉬면 쉬는 시간이 끝났다. 기술은 그리 발달하고 있는데, 우리에게 펼쳐진 세상은 더욱 짙은 지옥이었다. 이제 사람들은 충전 시간이면 그대로 그 자리에 고꾸라져서는 거친 숨을 몰아쉴 뿐이었다. 건조한 감독관의 목소리가 들렸다.

"다들 일어나."

말이 끝남과 동시에 채무자들이 몸을 일으켰다. 이번에는 어디로 가는가 싶었다. 공무원들은 우리가 어디에서 일할지 말해주지 않았다. 우리는 거의 모든 산업 현장에 투입되었다. 광산에 들어가거나, 아마존에서 벌목을 했고, 심지어는 잠수복을 입고서 바닷속을 청소하기도 했다. 아마 돈만 된다면 전쟁 한복판에도 투입될 것이었다.

앞서 말한 것과 다르게 '다른 의미로' 모두가 살기 위해 발버둥 쳤다. 완벽한 죽음이 아니라면 위원회에 의해 안드로이드가 되었다. 안드로이드, 그다음에는 무엇이 있을지 몰랐다. 얼마 전에 줄을 끊고서 강물에 뛰어들었던 안드로이드는 나노봇에 의해 건져졌다. 그의 메모리는 살아 있었지만 이곳으로 다시 돌아오지는 못했다.

아버지가 말했다. "생각지도 못한 곳에 끌려갔겠지."

아버지 역시 안드로이드가 되어 있었다. 이곳, 작업장에 와서 아버지를 만나고서 놀랐다. 통 속의 뇌였다가 이제는 안드로이드라니. 이곳에 오게 된 이유를 물으니 국민연금 납부를 깜빡했다고 말했다. 오늘날 국민연금은 적자를 넘어 젊은이들의 소득을 집어삼키는 블랙홀이었다. 아버지는 이곳에 잡혀 와 인간의 몸을 받고서 5년 동안이나 일을 했지만 원금의 절반도 갚지 못했다. 결국 아버지는 내가 오기 전에 세숫대야에 코를 박고서 자살 시도를 했다. 놀랍게도 성공적이었다. 불과 몇 분 만에 아버지는 빈사 상태가 됐고, 공무원들에 의해 끌려 나갔다. 그러나 아버지는 안드로이드로 돌아왔다. 그것도 온몸에 녹이 슨 구형 안드로이드로 말이다. 아버지는 나를 보자마자 말했다.

"미안하다."

나는 애써 고개를 돌리면서 대답했다.

"원해서 그런 게 아니잖아요."

우리 부자父子는 그렇게 함께 빚을 갚기 시작했다. 아버지는 녹슨 몸을 일으키려 애썼다. 그때마다 칠판을 긁는 것 같은 기분 나쁜 소리가 들렸다. 아직 안드로이드 몸에 익숙지 않은 것 같았다. 나는 아버지의 팔을 잡아당겼으나, 몸은 그대로인 상태에서 팔만 떨어져 나갔다. 나는 어이가 없어 떨어진 아버지의 팔을 들고서 말했다.

"아무리 그래도 얼마 전에 같이 생활하던 사람 몸을 주는 건⋯."

아버지가 위원회에서 받은 몸은 얼마 전 강물에 뛰어든 안드로이드였다. 곳곳에 녹이 슬어 있었고, 한쪽으로 머리를 기울이면 미처 빠져나가지 못한 강물이 쏟아지기도 했다. 아버지는 내게 팔을 받으면서 말했다.

"죽어야지. 살아서 뭐 하겠어."

일상적인 대화였다. 다들 시도 때도 없이 완전한 죽음을 원했다. 일을 하지 않으려고 해도 근육에 삽입된 전극에 의해 억지로 몸을 움직여야만 했다. 아버지가 내게 낮은 목소리로 말했다.

"네가 날 좀 죽여주라."

나는 당연히 고개를 저었다. 아버지의 남은 빚까지 또다시 받고 싶지는 않았다. 굳이 내가 왜? 나도 아버지와 마찬가지로 어떻게든 죽으려 했다. 빚이라는 거대한 족쇄를 벗어 던지고 싶었다. 만약 아버지에게 내 빚을 넘겨야만 한다면 나는 망설이지 않을 것이었다.

채무자들은 태운 전차는 매끄럽게 나아갔다. 가끔 전차가 덜컹거릴 때면 으깨진 사람 머리가 떠오르기도 했다. 전차가 도착한 곳은 제철소였다. 플랫폼에 발을 내딛기도 전에 이마에서 땀이 소나기처럼 흐르기 시작했다. 안드로이드와 가까이 붙어 있던 사람들은 달아오른 양은 냄비라도 만진 것처럼 놀라 자빠지기도 했다. 사방에 불꽃들이 흩날렸고, 용광로에서는 벌건 쇳물이 요동치고 있었다. 그 순간 그 자리에 있던 모든 인간들은 같은 생각을 했다.

쇳물이라면.

메모리칩은 물론, DNA도 모조리 녹여버려 위원회도 어찌하지는 못할 것이었다. 그러나 우리는 그 근처에 다가갈 수조차 없었다. 고장 난 석탄 운반 컨베이어 벨트 대신 석탄을 날라야만 했다. 적어도 쇳물에서 200미터는 떨어져 있었다. 쇳물을 향해 달려가다가 그대로 붙잡혀서 안드로이드가 될 것이다. 석탄을 나르다 보니 허리가 끊어질 것만 같았다.

그런데 아버지의 행동이 어딘가 이상했다. 가만히 멈춰 있던 컨베이어 벨트를 보더니 선두에 있던 공무원을 향해 성큼성큼 다가갔다. 나는 아버지를 말리려 하다가 조심스럽게 그 뒤를 따랐다. 공무원은 보고서를 쓰고 있었다. 아버지가 말했다.

"감독관님. 드릴 말씀이…."

감독관은 보고서에 시선을 둔 채로 고갯짓만 했다. 아버지가 두 손을 마주 비볐다. 불꽃이 사방으로 튀었다.

"컨베이어 벨트 고칠 수 있을 것 같습니…."

"돌아가서 일하세요."

아버지가 감독관에게 애걸하듯이 외쳤다.

"방금 컨베이어 벨트가 망가지는 바람에 제철소의 경제적 손실이 심하다는 소식을 들었습니다. 기업의 손실이야말로 국가적 손실 아닙니까? 부디 제가 컨베이어 벨트를 고칠 수 있게 도와주십쇼. 나라에 도움이 되고 싶습니다."

나는 둘의 대화에 바로 끼어들었다.

"제 아버지가 정비공이셨거든요. 저희에게 믿고 맡기셔도 됩니다."

물론 아버지는 기계와는 거리가 먼 사람이었다. 젊었을 때 코딩을 공부했다고 하는데, 오늘날 코딩하는 AI가 나오는 바람에 실직했고, 지금껏 일 다운 일을 해본 적이 없었다. 다행히 감독관은 보고서에 집중하느라, 그다지 신경을 쓰지 않는 것처럼 보였다.

"5분 줄게요. 대신 두 사람 5분 치 수당은 없는 겁니다."

우리는 감사하다는 연발하며 고개를 숙이면서 빠르게 뒷걸음질 쳤다. 아버지가 내게 말했다.

"방해하지 말거라."

내가 하고 싶은 말이었다. 아버지에게 어떤 계획이 있다는 것은 당연히 알고 있었다. 우리는 컨베이어 벨트를 고치기 시작했다. 물론 우리에게 컨베이어 벨트를 고칠 눈썰미나 기술은 없었다. 아버지는 금속제 머리를 억지로 벨트 안으로 쑤셔 넣고는 내부를 살폈다. 나는 그 옆에 서서는 물끄러미 컨베이어 벨트 안을 물끄러미 보았다. 아버지의 움직임을 눈으로 좇았다. 아버지의 손이 분주하게 움직였으나, 정작 실속은 없어 보였다. 내 시선은 아버지의 머리 옆에 있는 작은 구멍 앞에서 멈췄다. 나사가 채워져 있는 다른 구멍과는 다르게 텅 비어 있었다. 본능적으로 그곳이 문제라는 것을 알 수 있었다.

　머리가 빠르게 돌아갔다. 어설프게 죽어서는 안 됐다. 위원회에서 내 머리카락이나 각질조차 찾을 수 없을 정도로 완벽하게 죽어야 했다. 다시는 이곳으로 돌아오고 싶지 않았다. 아버지는 끙끙거리며 톱니바퀴들을 뭉툭한 로봇손으로 만지작거렸다. 갈등했으나 잠시였다. 나는 소리가 나지 않게 바닥에 있던 나사를 아버지의 얼굴 향해 발로 찼다. 아버지는 나사를 맞고서 나를 노려보았다.

　"어!"

　나는 아버지의 뒤를 가리켰다. 아버지는 내 표정과 자기 눈앞에 놓인 나사를 번갈아 보더니 고개를 돌렸다. 나는 아버지를 향해 달려들었다. 그러나 아버지는 이미 구멍에 내가 발로 찬 나사를 끼워 넣은 후였다. 아버지의 비명은 들리지 않았다. 컨베이어 벨트는 돌았고, 아버지의 금속제 머리는 삶은 감자처럼 그대로 으스러지고야 말았다.

　"본인 때문에 사고 일어난 거 동의하시죠?"

　나는 고개를 끄덕였다. 감독관이 말했다.

　"본인 아버지한테 왜 그랬어요?"

　나는 감독관의 눈을 바라보며 말했다.

"아버지니까요. 유산은 못 남길망정 빚을 던지고 갔으니."

"빚이나 갚아요. 허튼 생각 말고."

감독관은 내게 건조하게 그 한마디만 덧붙이고는 사고 현장으로 갔다. 현장에는 나노봇을 비롯한 공무원들이 대거 몰려들었다. 컨베이어 벨트가 빠르게 돌면서 아버지의 머리를 더욱 잘게 갈아버렸다. 석탄을 나르던 사람들은 혀를 끌끌 찼다.

"바로 복구될 건데, 왜 저랬대?"

겉보기에 아버지의 머리는 복구가 불가능해 보였다. 그러나 공무원들은 잔해에서 핀셋으로 무언가를 집어 들어 올렸다. 메모리칩이었다. 아버지가 조금만 더 머리를 컨베이어 벨트 쪽으로 밀어 넣었더라면 메모리칩도 갈렸을 것이었다. 그들은 메모리칩만 비닐 팩에 담고는 나노봇에 아버지의 몸을 치우도록 지시했다. 나노봇들은 아버지의 몸을 감싸더니 두둥실 떠올랐다.

컨베이어 벨트는 빠르게 돌고 있었다. 그때였다. 나는 그대로 컨베이어 벨트에 올라탔다. 그 끝에는 용광로가 보였다. 나는 아버지가 컨베이어 벨트를 이용해 죽을 것을 알고 있었다. 나는 아버지의 계획을 도왔을 뿐이었다. 물론 계획이 실패할 것은 알고 있었고, 그것을 역이용하여 사람들의 관심이 그곳에 쏠릴 무렵 내가 컨베이어 벨트에 올라타려 했다. 아버지에게 미안한 마음은 들지 않았다. 어쨌거나 아버지는 끝까지 내게 모든 빚을 덮어씌우려 했다.

기술이 발전한 만큼 컨베이어 벨트 속도도 빨라진 모양이었다. 뒤에서는 나노봇들이 빠르게 달려오고 있었으나, 컨베이어 벨트 도는 속도가 더욱 빨랐다. 석탄들이 진동에 튀어 오르면서 몸을 긁어 댔다. 이제 끝이 얼마 남지 않았다. 그러나 갑자기 컨베이어 벨트가 멈추더니 나노봇들이 용광로가 가는 길을 막아섰다. 그러나 내가 향하는 곳은 용광로가 아니었다.

워터 슬라이드를 거꾸로 타는 것처럼 나는 날아올랐다. 나와 짧은 여정을 함께 한 석탄들은 나와 함께 보일러실로 쏟아져 갔다. 보일러실의 온도만 해도 유기물로 구성된 내 몸을 완전히 태워버릴 수 있을 것이다. 그런데 나도 모르게 본능적으로 철골 구조물을 잡아버렸다. 그렇게 당하고도 아직 살고 싶은 모양이었다. 뒤를 돌아보았다. 감독관이 보였다. 이것까지 예상한 걸까?

그런데 그는 나를 막지 않았다. 무표정하게 내가 빨리 쇳물에 뛰어들기를 바라고 있는 것처럼 보였다. 나는 누군가 등을 미는 것 같은 느낌을 받았다. 그대로 한 발짝 앞으로 내디뎠다. 불길이 치솟았다.

*

눈을 떴다. 천국이나 지옥을 믿지는 않았지만 막상 죽는 그 짧은 순간에 현실과는 비슷한 공간이 사후에 있었으면 했다. 푹신한 매트리스와 보드라운 이불이 느껴졌다. 절로 미소가 지어졌다. 잠을 더 자고 싶었으나, 빛이 정확히 눈을 향해 쏟아지고 있었다. 자리에서 일어나 스트레칭을 했다. 주변을 둘러보자 병동 1인실처럼 보이기도 했다. 온통 하얗게 물들어서 그런지 천국에 온 것처럼 보였다. 거울을 보니 이마에 숫자도 적혀 있지 않았다. 죽는 데 성공했나 싶었다. 완전히 정신을 차리기도 전에 문이 열리더니, 정장을 말끔히 차려입은 한 중년 남자가 방 안으로 들어섰다.

"괜찮으십니까?"

영업 사원처럼 보이기도 했다. 그는 내게 사람 좋은 얼굴로 방 정중앙에 놓인 하얀 탁자를 향해 손짓했다. 우리는 마주 보고서 앉았다. 그는 자신을 K라 소개했다. K가 말했다.

"묻고 싶은 게 많으신 줄로 압니다."

"여긴 어디인가요?"

K는 얼굴에 미소를 그리더니 손바닥을 마주쳤다. 정신을 차려 보니 우리는 타히티 해변에 수영복을 입고서 마주 앉아 있었다. 기분 좋은 바닷바람이 불어왔고, 탁자에는 얼음 가득한 모히또가 두 잔 놓여 있었다. 이어서 한 번 더 K

가 박수를 치자, 이번에는 벽난로가 있는 아주 안락한 방으로 주변이 변했다. 크리스마스가 얼마 남지 않았는지 거대한 크리스마스트리가 놓여 있었고, 그 아래에는 갖가지 크기의 선물들이 가득 쌓여 있었다. 천국이었다. 분명 천국 그 자체였다. 나는 두 주먹을 불끈 감아쥐었다. K가 내게 물었다.

"아, 그것보단 왜 당신이 그런 선택을 했는지 듣고 싶군요."

K는 자세를 바로 하고서 앞으로 몸을 숙였다. 펜과 종이까지 들고서 무언가를 적을 준비를 했다. 심리 상담소에 온 것만 같았다.

"선택이라면⋯."

K가 서류를 훑어보면서 말했다.

"음, 제철소에서 일하시다가 아버지를 죽이고, 보일러실에 뛰어들었죠?"

추궁처럼 느껴졌다. 무거워진 분위기에 나는 고개를 숙이고서 말을 이었다.

"아⋯ 그건 빚에서 벗어나기 위해서였어요. 부모님이 남긴 빚을 도저히 갚을 수가⋯."

내가 눈물을 보이자, K가 안심하라는 듯이 손바닥을 내보였다.

"아휴. 백번 이해합니다. 괜찮습니다. 전부 다 이해해요.

돈이란 게 참. 부모, 자식도 갈라놓게 하죠. 이게 사람을 어찌나 괴롭히는지."

나는 걱정 가득한 목소리로 물었다.

"그럼, 전 괜찮은 건가요?"

K가 서류를 정리하더니 이가 드러나게 웃었다. 그제야 마음이 놓였다.

"당연하죠. 제가 도와드리겠습니다."

기뻤다. 이제야 빚에서 벗어난 것만 같았다. 내가 했던 노력이 스쳐 갔다. 목을 매고, 손목을 긋고, 빌딩에서 뛰어내리기까지 했다. 끝내는 아버지를 계획대로 살해하고, 보일러실에 뛰어들었다. 나는 기뻐서 굳이 안 해도 될 말을 했다.

"종교를 믿기 잘했네요. 천국이라니…."

그러자 K의 얼굴이 순식간에 굳었다. 불길한 느낌이 엄습했다.

"천국이요? 전 여기가 천국이라 한 적 없습니다."

K의 말이 끝나기도 전에 나는 곧장 자리에서 일어나 창문을 향해 달려갔다. 심장이 빠르게 뛰었다. 창문 밖 풍경을 보고서 다리에 힘이 풀렸다. 자리에 털썩 주저앉았다.

"돈을 빌리셨으면 갚으셔야 합니다."

K는 자리에서 일어나 내게 다가왔다. 창문 밖에는 아버지가 보였다. 아버지 역시 나처럼 기쁨의 눈물을 흘리다가,

창문으로 달려가서는 바로 그 자리에 주저앉아 버렸다. K
는 사람이 아니었다. 채무추심위원회가 만든 프로그램이
었다. 그들은 우리를 이 디지털 감옥에 가두어 놓고는 평생
일을 시키려 했다. 창문으로 비치는 빛은 저장장치에서 데
이터를 읽어 내릴 때 사용하는 빛이었다. 모든 풍경이 삽시
간에 바뀌는 것도 이곳이 천국이 아니라 프로그램 안이기
때문에 가능한 일이었다. K가 말했다.

"당신은 영원히 여기서 일할 겁니다. 절대 그만둘 수 없
어요. 문제를 일으키면 기억을 삭제하고 복구하길 반복할
겁니다."

K가 내 어깨를 두드리며 말을 이었다.

"시스템이 꺼질 때까지요."

뜨거운 얼음을
만드는 방법

[일러두기]

본 작품은 네이버 지식인 실제 답변을 인용했다.

Q 문방구에서 파는 공룡알

물에 넣으면 커지는 공룡알 언제까지 길러야 커지는 거예요? 우리반 아이들에게 너무많이 얻어서 엄마께서 될 수 있으면 공룡알 다 버리래는데.....

될수있으면 공룡알 태어나게 하고 버리려고요....

2005. 12. 12.

나는 버드와이저를 네 캔이나 비워가며 노트북 화면을 응시하고 있었다. 새로 고침 버튼을 연타했다. 그때마다 창이 갈렸고 새로운 창이 이어서 나타났다. 그러나 내용은 전혀 달라져 있지 않았다. 나는 그 초록색 테두리 안에서 세계가 우리에게 숨겨 놓은 진실을 목도하고 있었다.

정말, 그랬나. 가혹한 대멸종을 견뎌낸 공룡의 알이 2005년에 존재했고, 거기서 태어난 공룡들이 제각기 모습을 달리했다고? 꾸에엑, 혹은 쉬익쉬익, 뱀과 짐승 사이의 울음을 뱉으며 티라노가, 브라키오사우루스가, 트리케라톱스가, 미세먼지 덜했던 광화문과 강남 일대를 돌아다녔다고?

픽이나. 누가 믿을까 싶었는데, 내가 그랬다.

- 답변 : 뜨거운 물에 담가 놓으면 빨리 자란다.
- 답변 : 간혹 알이 물러 터지는 일도 있다.

공룡이 2005년에 존재했음을 암시하는 증언들은 인터넷 기록에서 곧잘 발견되었고, 저화질이었으나 핸드폰 카메라로 촬영된 몇 이미지에서는 공룡으로 보이는 형상들이 보였다. 찾아보니 수백 장이 넘는 공룡 사진들이 구글 아카이브에 저장되어 있었다. 댓글에 CG가 아니냐는 말이 있긴 했으나, 소수였고, '멋지다' '쩐다'와 같이 긍정적인 평가들이 대다수였다.

　순간, 6,500만 년 전 멕시코만에 떨어진 것과 같은 크기의 소행성이 카이퍼 벨트에서 떨어져 나와 지구 쪽으로 궤도를 틀었다. 온몸에 소름이 돋는 것과 동시에 관자놀이가 시려 왔다. 타이레놀로도 두통은 진정되지 않아 나는 산토리 위스키를 육각 얼음 더미 위에 부어야만 했다.

　그렇게 뜨거운 얼음은 다시 한번 완성되었다.

　내가 기억하는 2005년은 공룡이 껴들 작은 숨구멍조차 없이 인간들의 사건만으로도 빽빽한 한해였다. 그해에는 줄기세포 연구가 막 시작되었다가 조작 논란으로 사장되었고, 김 일병이 내무반에 수류탄을 터트려 8명의 전우를 죽였고, 코스피 지수가 사상 최초로 1,000포인트를 넘어섰으며, 시마네현이 2월 22일을 다케시마의 날로 지정했고, IMF의 주역이 한국에 귀국한 다사다난의 전형이었다. 사람은 늘 죽고, 태어난다지만, 출산율은 1.08명으로, 앞뒤로 마주한 해와 비교했을 때, 출산율이 유독 낮은 해이기도 했다. 그것 또한 공룡 때문인가 싶었다. 그렇다면 어머니의 잠수潛水*와도 관련이 있지 않을까. 그리 생각하려다 생각 자체를 잠수시켜 버렸다.

환청이 들리거나 환각이 보이는 것도 아니었고, 그렇다고 포르노나 SF영화에 중독된 것은 더욱 아니었다. 다만, 결혼과 관련된 혜영의 악독한 보챔이 나를 비정상적인 상태에 가깝게 만든 것일지도 몰랐다. 그녀는 결혼에 관해서는 늪에서 고개를 수그리고, 뒤를 툭툭 건드리는 베트콩식 게릴라 전법을 구사했다. 나는 식칼을 들고 무를 자르며 전세 대출 이야기를 꺼내는 그녀의 전략에 무참히 뒤를 당했고, 심지어는 관계 중에 내뱉은 결혼 예물에 대한 그녀의 걱정에는 남자의 자존심이라는 미묘하면서도 날이 선 감정마저도 함락되어 버린 상태였다.

내 나이 스물여덟이었다. 내일 머리를 돌격형으로 깎아 해병대에 입대해도, 술을 먹다 포항 앞바다에 뛰어들어도, 미국 66번 국도에 달려가 잭 케루악이 오줌을 휘갈겼던 곳에서 버카디를 스트레이트로 삼켜도, 될 대로 되겠지, 하고 쉽게 넘겨버릴 수 있는 나이였다. 터지듯 폭발하는 그런 삶의 중심에 나는 놓여 있었는데, 결혼이라니. 그녀는 맨몸의 캘리포니아 주지사처럼 종말을 읊조리고 있었다.

만일 그녀가 취직이라도 한다면 정말로 결혼할지도 모르겠다는 생각이 들었다. 스물여덟의 꼬마 신랑. 아디다스 츄리닝을 제2의 피부로 여기는 나로서는 정장에 넥타이, 흰 장갑을 끼고 아버지가 돌아가신 후로 연락 한 번 오간 적 없는 친척들에게 잘살겠노라고 말하기는 싫었다.

*

　진실을 알게 된 그날은 비둘기들이 단체로 한강에 뛰어들었을 만큼 더웠다. 나는 5만 원권이 프린팅된 누런 팬티만 입은 채로, 늙은 개처럼 숨을 헐떡이고 있었다. 운동 부족으로 처진 내 엉덩이 때문인지 내 팬티에 그려진 신사임당의 볼은 탐욕적인 졸부들의 배처럼 부풀어 보였다. 나는 그 모습을 보며 낄낄거렸다. 혜영은 그런 내 모습을 보고서 혀를 끌끌 차더니 집 안 구석구석을 살피기 시작했다.

　— 좀, 치우고 살아.

　보통의 나였더라면 알겠다고 말하며 그녀의 팔뚝을 잡아당기며 웃어넘겼겠지만, 그날은 너무나도 더웠다. 혹시나 혜영이 뼈만 남기고서 녹아버리진 않을지, 그러면 그걸 어떻게 치워야 할지, 경찰이 와서 혜영이 어디 갔느냐 물으면 뭐라 대답해야 할지, 쓸데없는 것들을 고민하기 시작했다.

　— 상관하지 마.

　생각에 생각이 꼬리를 물자 그만 나는 퉁명스럽게 대답해 버리고 말았다. 그러자 그녀가 도끼눈을 하며 말했다.

　— 뭐? 상관하지 말라고? 너, 말 다 했어?

　— 아니, 그게 아니라, 미안해.

　연인 사이에 오갈 법한 나이브한 말들이 서로의 볼 언저리를 지나쳤다.

— 뭐가, 미안한데?

혜영이 말들을 쏘아 대고 있는 동안 카이퍼 벨트에서 떨어져 나온 소행성은 달의 중력에 포섭되고 말았다. 소행성은 천천히 지구로 다가오고 있었다. 내가 말을 우물거리자 그녀는 뒤집어 놓은 양은 냄비를 내 머리를 향해 집어 던졌다. 냄비가 벽에 부딪히자 창고에서 퍽하고 터지는 소리가 났다. 달걀 같은 것이 바닥에 떨어졌을 때 나는 소리였다. 나는 놀라 기침을 크게 했다. 창고에 무얼 넣었는지 기억하려 했지만, 혜영의 쏘아대는 말투에 자꾸만 생각이 한군데에 모이지 못하고 근처에 맴돌았다. 혜영은 씩씩거리며 나를 두고서 그대로 방을 나가버렸다.

창고 안을 헤집기 시작했다. 운동을 오랫동안 하지 않아그런지 종아리를 비롯한 몸 곳곳이 뻣뻣해지다 못해 부들거렸다. 먼지 더미가 코를 파고들면서 재채기가 쉼 없이 나왔다. 뿌연 먼지 탓에 앞이 잘 보이지 않았다. 손전등으로 창고 안을 비추었다. 굵직한 먼지 하나가 내 코 쪽으로 다가오더니 이내 사라졌다. 크게 재채기를 하고서 혜영에게 꼭 복수하겠다고 다짐했다. 물건들을 하나씩 밖으로 빼내기 시작했다.

킥보드, 에스보드, 롱보드, 화이트보드, 뭔 놈의 보드가 이리 많은지. 그 와중에 화이트보드는 뭐냐고? 똑같이 타고 다녔다. 집에서 학교에 갈 때, 학교에서 학원에 갈 때, 학원에서 또 다른 학원으로, 학원에서 또 다른 학원으로, 죽은 수식이나 가르쳐 대던 수학 선생 몰래 보드에 그림을 그리고, 또 그리고, 지우고, 또 지웠다. 대충 그은 선 몇 개에 있지도 않은 세상에 다녀온 것만 같았다. 기름칠 된 교실 나무 바닥에 대고서 슥슥, 아니지, 슝슝, 정말이지, 날아다니는 기분이었다. 지금은 검은 유성펜 자국만 남겨진 채 창고에 처박혀 있지만 말이다.

이어서, 스캐너, 복사기, 라디에이터, 내가 중학생 때 친구들과 만든 악당이 승리하는 세기말적 플롯의 졸라맨 만화와 하드보드지로 엉성하게 잘라 만든 슈퍼히어로 인형들을 발굴해 냈다.

─ 살아 있었구나, 다들.

무너진 굴속에서 구출만을 기다리던 광부들처럼 그들은 어딘가 지쳐 보였다. 쌓인 먼지들을 엄지로 긁어내자 뽀얀 플라스틱 살갗이 드러났다. 잠시간 추억에 빠진 채 그것들을 둘러보다가 한쪽 구석에 유물들을 밀어 놓았다. 고고학을 전공으로 할 걸 그랬나, 하는 생각이 들었다가도 사학과의 취업률에 고개를 저어버렸다.

그렇게 조금씩 안으로 들어서다 보니, 어느덧 창고에 온몸을 구겨 넣고 말았다. 만일 혜영이 나타나 문을 잠가버린다면 빛 한 점 들지 않는 그곳에 꼼짝없이 갇혀버리고 말 것이었다. 나는 혹시나 하는 마음에 바깥을 향해 귀를 기울였다. 혜영이 걱정되진 않았냐고? 그녀는 내일이나 모레 혹은 적어도 일주일 안에는 돌아올 텐데, 뭐. 그때 우리 둘의 관계는 밀고 당기는 중력 작용의 연속이었고, 한 자리에 서로 멈춰 있는 것보다 그렇게 원반을 그리며 도는 것이 관계를 지속해 나가는 데에는 더 안정적이고 효율적인 방법이었다.

걱정은 순식간에 서늘한 물기만 남긴 채로 증발해 버렸다. 처음에는 부쩍 심해진 미세먼지가 환각을 일으킨 것인가 했다. 나는 내가 보고 있는 기이한 상황에 플래시를 반복적으로 비춰야 했다. 내 앞에 놓인 것은,

공룡알이었다. 그것도 수십 개의.

A toto****님 답변

대략 5~12일 사이면 태어나요

사람이 다른것처럼

공룡도 다르더라구요 ＝ㅁ＝

다 똑같지 않아요.

2005. 12. 22

1일 차

　― 여기 박준영 있나?

　나는 어정쩡하게 손을 들어 올렸다. 가마까지 머리가 벗겨진 교수가 손을 자기 쪽으로 굽히며 나를 앞으로 불러냈다. 영문을 알지 못했던 나는 앞으로 나서는 걸음 하나하나마다 내가 저지른 잘못을 시간대별로 떠올리기 시작했다. 수업 시간에 커피를 마신 것과 교수가 내뱉은 개그에 입꼬리를 충분히 올리지 않았던 것, 강의실에 들어설 때 고개를 삼도 정도 덜 숙였던 것 등등. 도저히 갈피가 잡히지 않았다. 어제 일까지 생각하려다 말았다. 도저히 현실감이 없어서였다.

　깨진 알들을 제외하고, 총 12개의 알이 남아 있었다. 창고 밖으로 옮기는 데 꽤 오랜 시간이 걸렸다. 전부 방으로 옮기고 나자 대청봉에라도 오른 것처럼 다리가 후들거렸다. 늘어진 알들을 보며 프라이를 해먹을까도 했지만, 크기에 맞는 프라이팬이 없었고, 삶아 먹을까도 했지만, 그만한 크기의 냄비도 없었다. 창고에 적어도 일 년 이상 보관되어 있었으니 알을 먹는다면 잠깐 화장실에서 변기를 부여잡고 앓는 수준이 아니라 장이 꼬여 응급실에 실려 갈지도 몰랐다.

그러나 막상 깨진 알들을 보니 상한 것 같지는 않았다. 오히려 어제 어미 공룡이 낳은 것처럼 깨진 알에서는 고소한 깨 냄새가 났다. 내가 뭐든 하려는 사람이었다면, 공룡알로 전을 부쳐 먹든, 빵을 만들어 먹든, 뭐든 만들려 했겠지만, 나는 하루를 살아내는 것도 버거운 사람이었다. 알바를 하고, 공부를 하고, 대외활동을 하고, 모의 면접을 보러 다니고. 그 바쁜 하루 속에 공룡알이 낄 틈은 비좁았다. 내게 공룡알은 단지 사거리에 없다가 생긴 신호등처럼 곧 익숙해질 장애물이었다.

바닥에 흐르던 말캉한 알의 내용물은 심히 끈적거렸다. 고무장갑을 끼고서 바구니에 액체를 쓰레받기로 퍼 담았지만, 아무리 퍼내도 끝이 보이지 않았다. 모두 퍼내지 못하고 자연스럽게 증발하기만을 바라야 했다. 페브리즈를 지나치다 싶을 정도로 뿌린 뒤에 창고 문을 닫았다. 곰팡이가

필까 걱정되긴 했으나, 당장 눈앞에 보이지 않는 게 더 중요
했다.

— 네?

교수가 내 대답에 눈을 치켜떴다.

— '네?'라니.

— 아, 네.

— 건방지게. 너 그러면 건방져 보여.

잔뜩 성이 난 교수는 태블릿을 꺼내 메일함을 열더니 대
출 광고와 온갖 스팸 메일 사이에 있던 메일 하나를 열었다.
제목은 '교수님, 큰일 났습니다'였다. 누가 그리 장난으로
교수에게 메일을 보냈나 싶었다. 어지간히 정신이 나가지
않고서는 그런 메일을 보내지 못할 것이다.

— 웃기네요.

— 웃기지?

발송인을 확인해 보니 나였다.

교수님, 큰일 났습니다. 2019. 05. 20. 03:11

보낸 이 : Pjunyoung@naver.com

받는 이 : rlarytn@naver.com

안녕하십니까. 교수님의 '지구 역사 기행'을 수강 중인 박준영이

라고 합니다. 다름이 아니라 교수님께 염치 불구하고 이렇게 새벽에 메일을 보낸 이유는 제게 큰일이 생겨서입니다. 교수님 수업에서 교수님은 생물의 진화를 설명하시면서 다양한 생물 집단을 … (중략) … 제가 배웠던 상식으로는 공룡은 이미 멸종하고 없는데, 이게 뭐람? 집 창고에서 공룡알이 발견됐지 뭡니까. 인터넷에 찾아봐도 2005년에 공룡이 있었다고 하는데, 뭐가 맞는 건지. 혹시나, 제가 미친 건 아니겠죠? 매우 급한 일이니 빠른 답변 부탁드리겠습니다.

나는 눈을 감아버렸다. 쥐구멍이 아니라, 개미구멍이라도 그들이 허락해 준다면 숨어버리고 싶었다. 주변을 둘러보았지만, 석고 판넬이 뜯겨 나간 천장 말고는 도망칠 구멍은 없었다. 고작 맥주 네 캔과 산토리 위스키 한 잔에 벌어진 일이었다. 내가 교수였더라도 화가 났을 것이다. 속으로 이번 학기 성적은 물 건너갔다고 생각했다.

쏟아질 말들을 기다렸다. 정신이라도 제대로 차리게 욕이라도 시원하게 해줬으면 했다. 그로기 상태로 다시는 에피텍시프테릭스*의 발가락조차도 떠올리지 못하게, 공룡은 단지 오래전에 죽은 생물에 지나지 않았음을 내가 받아

---

* 몸집 길이가 25cm에 불과하다.

들일 수 있게 말이다. 교수가 말했다.

— 이렇게 메일 보내면 누군지 어떻게 알아. 나이도 먹을 만큼 먹은 보이는데, 몇 살이야?

— 스물여덟입니다.

교수가 도끼눈을 하고서 말했다.

— 회사 가서 이러면 욕먹어요. 동기들한테 물어봐, 대부분 취업했을 거 아냐?

동기들 대부분이 백수라고는 말하지 못했다.

— 죄송합니다.

교수는 화면을 검지로 두 번 찍어 내렸다.

— 내가 어디서 화가 난 줄 알아? 학과, 학번이 빠졌잖아.

— 네?

— '네?',라니.

교수는 메일 끝부분에 빨간 동그라미를 쳤다.

— 다음에는 꼭 소속 적고.

— 네.

— 네, 라고 하지 말라니까.

교수는 다시 수업을 시작하려 했다. 나는 다급하게 교수에게 물었다.

— 교수님. 공룡은요?

수업 시간을 조금이나마 줄여주었으니 학생들은 분명 내게 감사했을 것이다. 전공과 별 연관 없는 교양 과목을 공부하기에 오늘날의 스무 살에게 시간은 부족했다. 그들에게 '나 때는 말이야.'로 시작하는 교양 교수의 말은 '라떼Latte는 말Language이야'로 귀에 들어가, 좌뇌에서 다시 변형되어 '라떼Latte는 말Horse이다'라 들렸고, 당연히 카페라떼는 뛰어다니지도, 풀을 뜯지도, 똥을 싸지도 않았으니 타고 다니는 말이 아니었기에, 따라서 교양 교수의 말은 이치에 맞지 않거나 무시해도 되는 구닥다리 잔소리로 여겨질 뿐이었다.

교수는 얼굴을 찡그리고는 나를 보았다. 나는 노승의 화두를 바라는 사미승처럼 기다렸다. 없는 머리를 긁어대던 교수는 입맛을 다셨다. 이윽고 자리에 앉아 있던 학생들에게 물었다.

— 공룡 없다고 생각하는 사람?

아무도 손을 들지 않았다. 이어서 교수가 물었다.

— 공룡이 있다고 생각하는 사람?

모두 눈알만 굴리고 있었다. 앞에 앉아 있던 학생들은 뒤를, 뒤에 앉아 있던 학생들은 노트북 화면만을 바라보았다. '살아 있는 사람?'이라 물어도 결과는 마찬가지였을 것이다.

— 그럼, 있기도 하고, 없기도 한 거네요? 다들 양자역학이라도 공부했나 봐?

교수의 조롱 섞인 질문에도 학생들은 미소만 지어 보였다. 교수가 마이크에 대고 말했다.

― 이번 주에는 과제가 있습니다. 무슨 방법으로든 공룡의 존재 여부를 증명하세요. 없다고 생각하면 없다는 근거를, 있다고 생각하면 있다는 근거를. 살아 있는 공룡을 가져와도 되고, 이 학생처럼 공룡알이 집에 있다면 가져와도 됩니다. 학우들 앞에서 발표할 테니 준비 잘해오길 바랍니다. 자세한 건, 조교가 다음 시간에 이야기해 줄 겁니다.

과학관 B132호에 갑자기 날벼락이 떨어졌다. 몸을 배배 꼬는 학생도 있었고, 눈깔을 흰자만 보이게 뒤집어 놓은 학생도 있었다. 전류를 흘려보내기 위해 책상에 손바닥을 두들기며 접지하는 학생도 있었다. 다행히 누구도 감전사하지는 않았다. 대부분 얼굴 근육에만 전기가 통했는지 인상만 구길 따름이었다. 나는 학생들의 쏟아지는 시선을 받으며 자리로 돌아가야 했다. 바로 내 앞자리에 앉은 한 학생은 노트북으로 바로 옆자리 친구와 카톡을 주고받고 있었는데, 내게 일부러 보이려는 듯이 큰 화면을 띄우고 있었다.

:정신 나간 놈 하나 때문에 어떻게 해? ㅅㅂ

:그러게 이거 발표 없다고 해서 수강 신청했는데 ㅠㅠ

:나도 너무 빡쳐....

:ㅋㅋㅋㅋㅋ 어이가 없네, 대가리 비었나?

여기까진 별 내용은 없었다. 판을 키운 당사자로서 어느 정도는 감수해야 했다. 공룡이라니. 멸종한 공룡 때문에 살아 있는 우리가 피해를 봐야 한다니. 모진 인류애를 느껴야 했다. 어머니가 없다는 말에는 사실이기에 그다지 타격을 받지는 않았다. 그보다 이어진 문자 내용에 나는 눈을 크게 떠야 했다.

　:집에 공룡알 있는지 찾아봐야겠다.

　:난 없는데 ㅠㅠ 몇 개 더 없어? 다이소에는 안 팔겠지?

　:몸에 안 좋다고 해서 이제 안 팔걸? 요즘 같은 세상에 누가 공룡알을 키워.

　좋은 성적을 받기 위해서라도 다른 사람들보다 가장 먼저 알을 부화시켜야 했다. 나는 얼른 공책을 펴 부화 계획을 짜기 시작했다.

A chlr****님 답변

공룡알 뉴스에서 좋지 않다고 하던데요...........

그렇지만
공룡알 세로 산 것을 따뜻한 물에 넣으면 더 잘 길러져요.

2005.12.22

5일 차

— 어떡하죠? '드림 컴패니'란 회사는 없는데.

상담원의 목소리는 건조했다. 나는 식은땀을 흘려가며 쩔쩔맸다.

— 꼭 찾아야 해요.

— 왜요?

설명에 설명을 또 이어 나가야 했다.

— 그게, 옛날에 공룡알을 샀었는데, 부화를 안 해서요.

얼굴은 보이지 않았으나 잠깐의 정적을 통해 상담원이 지었을 표정이 그려졌다. 그는 말하는 중간에 한숨을 섞었다.

— 물건 피해보상 관련이라면 한국소비자원에 문의해 주세요. 연결해 드릴까요?

내가 그러라고 말을 하기도 전에 그는 전화를 돌려버렸다. 비발디 사계 중 여름이 대기음으로 들렸다. 달칵거리며 전화를 당겨 받는소리가 들렸다.

— 소비자원 이윤미 상담원입니다. 무엇을 도와드릴까요?

나는 다시 114에서 중소기업청으로, 중소기업청에서 한국소비자보호원으로 전화가 옮겨지면서 했던 설명을 다시 반복해야 했다.

— 제가 옛날에 공룡알을 샀었는데요.

다행히도 윤미는 사람을 다룬 경험이 많았다. 술에 취해 강아지를 사랑한다고 말하는 40대 회사원, 자기가 지금 자위를 하고 있으니 신음을 내어 달라는 고등학생, 결혼은 절대 하지 말라는 30대 여자 등 전화기 너머로 들리는 인간들은 하나같이 궁상맞았다. 윤미는 그런 사람들을 대하는 것과 똑같이 나를 대했다. 아주 부드럽고, 자상하게. 윤미는 내가 묻는 말에 일일이 맞장구를 치며 대답을 해주었다.

— 아, 보니까 2006년에 도산했네요. 중국에서 카피 제품이 나왔나 봐요. 지금도 그렇게 도산하는 회사들이 많아요. 누구는 스타킹을 만들다가, 누구는 마스크팩을 만들다가 그래요. 제 아버지도 그랬어요. 10년도에 오목눈이 인형을 만들어서 파셨는데, 아, 아세요? 엄청 귀여웠죠? 근데, 불과 일주일 만에 중국에서 완전 똑같은 제품이 수입되더라고요. 그것만 아니었더라도. 전 여기에 없었을. 아, 그래서 뭐 때문에 찾으신다고 하셨죠?

7일 차

어머니가 불쑥 찾아올 거란 상상은 매번 해왔다. 늘어진 브래지어를 하고서 입가에는 김칫국물을 묻힌 상태로, 겨우 살아 돌아왔노라고, 포항 앞바다에 출몰하는 소말리아 해적들에 잡혀서, 혹은 북에서 내려온 비밀공작 요원에게 끌려가서, 도를 아시냐는 물음에 도를 알고 싶다고 말해서, 그래서, 갑자기 날 떠났고 천운이 따라주어 가까스로 탈출했다는 말을 듣고 싶었다. 마지막에는 미안해, 라 끝나는 비록 가슴이 아프긴 하지만 그 때문에 아름다운 이야기로 어머니의 잠수를 끝내고 싶었다.

— 내놔.

— 네?

— 네, 라니. 얘 봐. 다 알고 왔어.

12개의 공룡알처럼 어머니는 불쑥 내 삶 속에 껴들고 있었다. 캐시미어, 상의 가슴팍에 그려진 하트는 반으로 갈라져 있었다. 핸드백은 무딘 핑크의 에르메스. 구두는 푸르스름한 악어가죽. 내 팬티에 프린팅된 신사임당처럼 그녀의 볼은 필러를 맞았는지 인위적으로 부풀어 있었다. 내게 내민 손의 손가락에는 자주색 매니큐어와 함께 큐빅들이 과하다 싶을 정도로 박혀 있었다. 나는 물어야 했다.

— 누구세요?

그녀는 심히 짜증을 냈다.

— 지 애미도 몰라봐?

내가 상상했던 재회 장면에서 내 어머니는 그러지 않았

다. 그녀는 입술을 덜덜 떨며 힘겹게 말을 이어야 했다. 눈물을 흘리고, 내게 용서를 먼저 구해야 했다. 그녀가 짜증을 냈다.

— 내가 이렇게까지 해야겠어?

그녀가 무얼 원하는지 물으려 하기도 전에 그녀는 내 몸을 밀치고 방 안으로 들어섰다. 거실이자 부엌인 공간에는 커다란 대야 세 개가 놓여 있었다. 대야마다 알들이 섬처럼 둥둥 떠다니고 있었다. 그 때문에 나는 화장실에서 생활하다시피 해야 했다. 화장실 문이 좁아 대야가 들어가지 않아 어쩔 수 없었다. 나는 줄곧 3일간은 화장실에서 밥을 먹었고, 잠을 잤고, 과제를 했다. 차마 변을 누지는 못했다. 혜영은 그때까지도 돌아오지 않았다. 과거와는 다른 전개였다. 봤던 영화를 다시 보고 있는데, 원래 전개대로 나아가지 않는 듯한 느낌이었다.

어머니는 핸드백에서 종량제 쓰레기봉투를 꺼내더니 알들을 담기 시작했다. 하나, 둘, 셋… 숫자가 쌓여 갈수록 행동은 대담해져 갔다. 봉투가 짝하고 소리를 내며 터지려 해도 그녀는 슬쩍 내 눈치를 보더니 알 하나를 더 봉투에 담았다. 그녀는 봉지를 한 번 들어보더니 무거운지 내게 1층까지 들어달라고 했다. 나는 봉지를 받아 들고서 계단을 내려갔다. 그녀는 갯벌 속 칠게처럼 하이힐을 옆으로 해서 계단을 내려가며 말했다.

— 내 인생 망가진 값은 받았다 칠게.

제네시스 한 대가 골목을 막고 서 있었다. 공동출입문을 나서자 차에 시동이 걸렸다. 불법 배기 튜닝을 했는지 소리는 가래 끓는 소리처럼 심히 거슬렸다. 창문이 내려가고 웬 늙은 남자가 고개를 내밀었다.

— 네가 준영이냐?

나는 대답하지 않았다.

— 고놈, 고집이 강하구만. 최 여사 성격을 꼭 빼닮았어.

나는 차 뒤로 돌아가 트렁크를 열었다. 알들이 깨질까 골프백이나 박스로 봉투를 고정하는 것도 모자라 그물망을 덧씌웠다. 사고가 나지 않기만을 바랐다. 엄마는 인사도 없이 다시 가버렸다.

방으로 돌아와 알이 사라진 대야의 물을 버렸다. 빈 대야를 창고에 던져 넣었다. 빈자리에서 몸을 동그랗게 말고 새우잠을 잤다. 공룡이 도시를 부수는 꿈을 꾸었다. 〈고질라 2〉를 감명 깊게 봐서 그런가 싶었다. 깨고 나니 어디서부터 꿈인지 알 수가 없었다. 무엇이 될 수도 있는 알, 다섯이 남아 있었다.

11일 차

─ 나 남자 생겼어.

늦여름의 귀뚜라미 울음처럼 스피커에서 나온 혜영의 말은 내 귓등을 스쳐 지나갔다. 나는 알겠다고 담담하게 답했다. 그러자 혜영이 물었다.

─ 아무렇지도 않니?

아무렇지 않다고 대답했다. 그때 나는 알을 굴리느라 정신이 없었다. 장판은 쩍쩍 갈라지는 소리를 냈다. 병아리도 태어나기 전에 이렇게 굴려줘야 한다고 했다. 그래야 병아리들이 나중에 알을 스스로 깨고 나올 힘을 가질 수 있었다. 어미가 있었더라면, 매일 굴려 주었을 텐데. 어미는 우주에서 날아온 소행성에 대가리가 깨져 칠천오백만 년 전에 죽었을 것이다. 나라도 알들을 굴려야 했다.

9일 차부터 알을 온몸으로 굴리기 시작했다. 크기는 처음보다 네 배 가까이 커져 있었다. 브레이크가 채워진 승용차를 밀듯이 있는 힘껏 굴려야 했다. 덜거덕. 혜영이 말했다.

─ 어떻게 사람이 그래?

전화가 끊어졌고, 이마에서 땀이 쉴 새 없이 흘러내렸다. 바닥에 떨어진 땀은 발바닥을 축축하게 적셨다. 알 하나만이 부화의 순간을 맞이할 수 있었다. 나머지 4개의 알에는 각각 문제가 있었다. 하나는 메추리알 크기로 쪼그라들어버렸고, 또 다른 하나는 본래 크기 그대로 자라지 못하고 남아 있었다. 다른 두 개는 안타깝게도 범죄의 희생용※이 되어버렸다.

✴

15일 차

이틀 전 혜영이 다녀갔다. 일주일 동안 그녀에게서 연락이 없자, 진심으로 헤어지자는 의미로 나는 그녀의 행동을 받아들였다. 그녀의 짐은 모두 창고에 치워 놓은 상태였다. 이십 대 후반의 연애는 본래 그런 가벼운 것으로 생각했다. 잡지 않고, 잡으려 하지 않고, 쿨하게. 너무 쿨해서, 어제의 연인이 오늘의 남이 될 수 있을 만큼. 그러나 집구석 어딘가에서 끼쳐 오는 한기는 뜨거웠고, 어떤 감정의 온도에 장단을 맞춰야 할지 나는 알지 못했다. 차가우면서도 더운 감정에 혼란스러웠지만 그럴수록 더욱 알에 집중했다.

혼자서 남은 알들을 관리할 여력은 없었다. 원룸의 3분의 1을 차지하는 알의 크기에 나는 어깨를 좁히고, 무릎을 굽혀야 했다. 개미처럼 머리를 세워 알들을 굴려 댔지만, 얼마 못 가 목과 어깨에 저릿한 느낌이 들면서 담이 오고야 말았다. 바닥에 누워 몸부림을 쳤다. 크리스 매스터스에게 폴

넬슨 홀드를 당하는 것 같았다. 내가 내 스스로에게 건 관절기에 정신이 혼미해진 나는 번호도 확인하지 않고 전화를 걸었다.

— 안녕하, 여보세요?

윤미였다. 그녀에게 집으로 와 달라는 말을 했다. 혼자서는 도저히 할 수가 없다고, 그녀가 필요하다고 말했다. 주저하는 그녀에게 주소를 말해주고서 전화를 끊었다. 구두 굽에 밟힌 개미처럼 나는 엉덩이를 끌며 제자리를 돌고 있었다. 현관문 열리는 소리가 들렸다. 나는 윤미라 생각해 웃으며 고개를 들었다. 그러나 문가에 서 있는 사람은 혜영이었다. 손에는 쇼핑백들이 들려 있었다. 나는 어색하게 미소를 지었다. 그런데 혜영은 한 평 남짓한 내 방에서 비명에 가까운 소리를 질렀다. 괴물이라도 본 것일까. 거대한 알 향해서 지른 것인지, 바닥에 바퀴벌레처럼 누워 있는 나를 향해서 지른 것인지는 알지 못했다. 나는 누운 상태로 차근차근 설명을 이어가야 했다.

혜영은 내 설명을 모두 듣고서 한동안 알을 지켜보았다. 횟집 수족관에서 볼만한 할리우드 외계인들을 영화에서 보는 것과는 한층 달랐다. 그것들은 스크린 넘어 팝콘을 뜯고 있는 우리에게 광선을 쏠 수 없었고, 콜라가 출렁이는 위^胃를 뚫고서 알을 낳을 수도 없었다. 그러나 이 눈에 보이는 알은 만질 수도 있었고, 심지어는 깨지기까지 했다.

십여 분이 지나서야 혜영은 비로소 자리에서 일어나더니 경멸스러운 눈빛으로 날 한번 쳐다보았다. 그녀는 역겨운 듯 입을 막으며 자리를 피했다. 부지런히 그녀의 뒤를 따라갔건만, 한 시간 동안 불과 부엌에서 현관까지 밖에 쫓아가지 못했다. 뒤틀린 몸은 땀으로 흥건하게 젖었다. 현관에서 혜영을 기다리고 있었건만, 정작 이어서 문을 열고 나타난 사람은 윤미였다.

윤미는 바닥에 붙어 있는 나를 보더니 숨을 크게 내쉬었다. 안도의 한숨이었다. 자기와 상담했던 사람들을 전혀 다른 세계의 사람들이라 생각했나 보았다. 길거리를 돌아다니는 평범한 사람들과 달리, 수화기 너머에서 그녀를 희롱하는 존재들은 바닥을 기고, 공룡알이 있다는 헛소리를 해대는 괴물이어야만 했다. 그렇지 않다면 그녀는 일상을 살아갈 수가 없었다.

안으로 들어선 그녀와 어색하게 인사를 나누고, 상황을 설명했다. 그녀는 고개를 끄덕이더니 내 어깨와 허리를 비롯해 뭉친 근육들을 마사지로 풀어주었고, 적신 수건으로 내 몸을 닦아주었다. 그녀는 공룡알을 보면서 웃었고, 고통스러워하는 나를 보며 울었다. 그것만으로도 충분했다. 자기와 관련 없다고 생각되는 것에서만 사람은 연민을 느낄 수 있는 법이다.

그런데 일이 한 번 더 꼬여버리고 말았다. 또, 갑작스레 문이 열린 것이다. 노을빛을 등진 그 존재를 처음에는 외계인이라 착각했다. 빛이 눈물에 굴절되며 다리와 머리가 비정상적으로 가늘게 보였다. 눈을 두 번 끔뻑거리자 제대로 앞이 보였다. 혜영이었다. 아마 나의 반응을 보기 위해 방으로 돌아왔을 것이다. 그녀는 분명 내가 벽에 머리를 대고서 풀이 죽은 개처럼 반성하고 있을 것으로 생각했을 것이다.

그러나 웬 본 적 없는 여자가 내 어깨를 주무르고 있었고, 나는 신음을 내며 몸을 뒤틀고 있었다. 혜영은 그 광경을 보고서 소리를 질렀다. 온갖 욕이 난무했다. 개, 짐승, 씨발, 등신. 싱크대 위에는 도마와 냄비가 말라가고 있었고, 그녀는 그것들을 나를 향해 던졌다. 윤미는 재빨리 문이 열려 있던 창고로 도망쳤다. 나는 약 시속 50킬로미터 속력으로 날아오는 도마를 보며, 도마 모서리에 맞아 죽을 수도 있겠다고 생각했다. 어이없는 죽음이었다. 공룡도 마찬가지 아니었을까? 여유롭게 브런치로 고사리를 먹다가 소행성에 대가리가 깨지다니. 도마와 냄비는 동시에 내게 날아왔다. 불행히도 그것들은 나를 스치듯 비껴갔고, 뒤에 놓여 있던 알 두 개를 맞췄다. 퍽하고 깨지는 소리가 들렸다.

결과적으로 영유아 살용殺用 범죄가 내 방에서 발생했다.

범인은 여자. 범죄에 사용된 도구는 냄비와 도마. 범인은 유유히 현장에서 도망쳐 계란찜에 소주를 마시며 울었다. 그리고 클럽에 가서 남자를 만난 후 하룻밤을 보냈다고 한다. 차도 있고, 신축 오피스텔도 가진 삼십 대 후반의 사업가라 했다. 하룻밤의 실수였다고 그녀는 진술했는데, 누구도 그 진실 여부를 알지 못한다.

범인이 던진 흉기를 피하지 않았더라면, 필히 내 머리가 터졌을 것이다. 경찰에 신고할 수도 없었다. 사건 현장에 있던 유일한 목격자는 놀라 창고 속으로 도망친 데다, 자칫 다치지 않은 온전한 알들마저 쥬라기 공원을 만든다는 명목으로 압수될지도 몰랐다. 현장은 처참했다. 아직 완전히 자라지 못한 생명체들이 사체가 되어 바닥에 널브러져 있었다.

38일 차

미안했다. 세상 모든 것들에 말이다. 갑자기 웬 주접이냐 묻겠지만, 그냥 그랬다. 마치 반 억년 동안 쌓인 모든 생명체의 센티멘털 찌꺼기가 알 속에 감춰져 있다가 비염을 달고 살던 내 콧속에 스며든 것 같았다.

― 다시 한번 말해봐.

몽이는 내가 저며준 생닭을 통째로 삼키고 있었다. 그는 뼈까지 통째로 삼키고는 가래가 그렁그렁한 목소리로 말했다.

― 왜 자꾸 귀찮게 해?

공룡 키우기는 개 키우기와 크게 다르지 않았다. 산책이 필요할지도 몰랐으나, 몽이는 밖이 너무나도 춥다며 산책을 거부했다. 먹을 것도 하루에 마트 정육점에서 산 생닭 한 마리면 충분했다. 매일 닭을 사러 오는 나를 보며 아저씨가 해맑게 물었다.

― 닭을 참 좋아하나 봐요.

나는 차마 새끼 공룡에게 준다는 말은 하지 못하고 코만 씰룩거릴 뿐이었다.

보통 몽이는 햇살이 내리쬐는 바닥에 누워 하루를 보냈다. 눈이 실실 감기다가도 순간에 커지길 반복했다. 개보다는 고양이와 닮아 있었다. 성격도 고양이처럼 자기만 알았다. 필요할 때만 날 찾고, 그 순간마저도 '날 태어나게 했으면 당연히 해줘야지'라고 말했다. 어찌 보면 싸가지 없는 놈이었다. 매일 밥을 챙겨주고, 거친 등을 쓸어 내려주면 가끔 갸르릉하고 소리를 냈다.

왜 과학자들은 공룡들이 말을 할 수 있었다는 것을 몰랐을까? 외국인들처럼 몽이는 욕부터 했다. 다음은 배고파,

밥 줘, 닥쳐. 이어서 과거보다 숨을 쉬기 어려워졌다는 일상적인 이야기들. 나는 그게 미세먼지 때문일 것이라 말했고, 몽이는 콧방귀를 뀌며 옛날에는 화산재 때문에 더 심했다고 했다. 알에 있었는데 그걸 어떻게 아느냐 물으려 했건만, 몽이는 너무도 세세하게 과거의 이야기들을 설명했다.

문무왕은 사실 물에서 살던 에라스모사우로스였고, 삼국 시대 가야의 왕들은 자신들의 먼 후배인 거북이가 낳은 아이이며 고려 성종 7년에 기록된 하늘로 승천하는 용은 두 날개 길이만 13미터의 프테라노돈이었다. 명량 해전 때 엡실로돈이 소용돌이를 만들어 일본 수군을 쓸기도 했고, 러일 전쟁 당시 일본이 러시아 함대를 차례로 침몰시켰을 때는 스피노사무로스가 일본 스시에 매료되서 그랬던 것이라며 몽이는 분개했다. 세계 대전이 터지고 나서 공룡들은 이전과는 뭔가 다르다는 느낌에 한동안 지하로, 밀림으로, 사막으로 대피해 있다가 인간의 거대한 버섯구름을 마주하게 된 것이다. 방사능에 극히 취약했던 공룡 무리는 해류를 통해 세계로 퍼진 방사능에 전멸했고, 알의 상태로만 남아 있는 극소수만이 살아남았다고 했다. 한 마디로 공룡은 멸종된 적이 없었고, 비교적 최근까지 살아남았다는 소리였는데 내가 물었다.

— 그럼, 어쩌다 공룡알이 팔렸던 거지?

몽이는 코를 씰룩거리더니 찬 콧김을 뿜어냈다. 딱히 표정이랄 것이 없었지만, 나는 그가 심히 흥분했음을 알 수 있었다.

— 그거야. 피가 뜨건 놈들 때문이지.

몽이는 피가 따뜻한 동물을 신뢰할 수 없다고 했다. 내가 그 이유를 묻자 파충류나 냉혈 동물은 주변이 추워지면 다 같이 추위를 느끼기 때문에 서로 뭉친다고 했다. 그런데 인간을 비롯한 온혈 동물은 아니라고, 자기가 따뜻하면 남도 따뜻한 줄로 안다고, 그러니 바뀌는 것이 없다고 했다.

나는 그 말을 듣고서 공룡 또한 우리와 같은 항온동물이라는, 최신 학설을 몽이에게 말하려다 말았다. 학설은 학설일 뿐이었다. 명확한 증거가 내 눈앞에 있었기 때문이다. 심지어 이 살아 있는 증거는 한국말까지 할 줄 알았다. 더불어 공룡이 냉혈동물인지, 아닌지는 내게 중요하지 않았다. 몽이가 설령 정부의 비밀 연구소에서 빼돌려진 돌연변이 파충류라 해도, 내게는 그저 품에 안겨 생닭을 받아먹는 작은 존재일 뿐이었다. 온혈 동물에게 성내는 몽이를 보며 일부러 얼음을 소리가 나게 씹어 삼켰다.

96일 차

몽이를 키우면서 내 생활은 식어 가기 시작했다. 나는 혜영과 닿을 수 있는 모든 SNS 계정을 삭제했고, 학교에 휴학계를 냈으며, 취업을 위해 준비하던 활동들도 모두 포기했다. 삶은 큰 변화 없이 단조로워졌고, 남은 모든 시간을 몽이와 함께 TV를 보거나 하며 보냈다.

방에 누워 천장을 멍하니 바라보는 시간이 많아졌다. 작년 장마 때 수도관이 파열되면서 물이 천장으로 누수된 적이 있었다. 그때 만들어진 얼룩이 꼭 은하수 같아서 촘촘히 박힌 때들은 인공위성이 아닌 별들처럼, 새벽만 되면 은은하게 빛나는 것 같았다. 별들을 손가락으로 하나씩 셌다. 어떨 때는 이틀 동안 밥도 거른 채 천장만 바라본 적도 있었다.

창고로 사라진 윤미를 찾지도 않았다. 얼마간은 밤중에 일어나 주변을 두리번거렸다. 인기척이 느껴져서였다. 무엇인가가 내 발밑을 스쳐 지나간 것 같았다. 그것은 화장실에서 빠져나와 내 몸을 한번 훑고 베란다를 통해 창고로 사라졌는데, 창고를 열어보니 무수히 많은 것들이 들어 있어 도저히 들어갈 엄두가 나지 않았다.

한 번은 문을 열고 소리를 질렀지만, 소리는 메아리쳐 돌아오지 못하고 창고 속에 갇혀버리고 말았다. 나는 몸을 떨었다. 그곳에서 윤미가 헤매고 있지는 않을지 걱정되었지만 한편으로는 이대로 둘까 싶었다. 늘 그대로인 김광석의

포크와 마이클 잭슨의 팝과 디즈니 동화의 해피엔딩 속에서 윤미는 행복하게 살고 있을지도 몰랐다. 콜이 들어올 때, 어떤 변태 같은 소리를 들을까 더는 두려워하지 않아도 됐다. 나는 창고 문을 살짝 열어 두었다. 언제든지 그녀가 원하면 나올 수 있게 아주 살짝 말이다.

소행성은 그 순간에도 부단히 지구로 다가오고 있었다.

138일 차

소행성이 다가오고 있다는 속보가 쏟아졌다. 이 엄청난 크기의 소행성을 막기 위해 전 지구가 협력했지만 결국 실패하고 말았다. 수백 발의 핵탄두 공격에도 거대한 소행성은 비웃기라도 하듯 궤도를 틀지 않았다. 아나운서는 소행성이 지구 어디로 떨어지건 모든 생명체가 살아남지 못할 것이라 전하며 고개를 숙였다.

소식을 들은 사람들은 절망했고, 슬퍼했고, 좌절했다. 옆집에서 울음이 끊이질 않아 세상이 슬픔에 익사해 먼저 멸망하는가 싶었다. 그러다 다들 술에 취하기 시작했고, 마구잡이로 사랑을 했고, 이슬람 원리주의자들마저 프리섹스를 외쳤다. 어쩌면 소행성이 제 길을 찾아온 것이 아닌가 싶은 생각이 들었다. 나는 늘 얼굴을 구기며 영어 단어장을 바라보던 옆 옆방 고시생이 버드와이저에 취해 춤을 추는 모습을 보며 고개를 끄덕였다.

소식을 들었을 때, 나는 몽이와 함께 침대에 누워 있었다. 삶을 포기한 건 아니었고, 그저 늘 그래왔으니까, 한동안 그랬던 대로 똑같이 그랬다. 그러다 몽이가 소행성이 떨어지는 순간에 무얼 할 것이냐고 내게 심드렁하게 물었다. 고민하던 나는 미처 천장에 있는 별을 다 세지 못했다고 했다. 몽이가 끝까지 누워만 있을 거냐고 물었다. 나는 그럴 거라고 했다. 윤미는 어떡하냐고 물었다. 나는 그녀가 아버지를 찾아 삼 일 전에 중국으로 떠났다고 거짓말했다. 몽이는 눈을 감으며 말했다.

— 진작 갈 것이지.

우리는 침대에 누워 2퍼센트 남은 배터리로 류이치 사카모토의 'Merry Christmas Mr Lawrence'를 들었다. 천장에 야광으로 빛나는 별들을 세기 시작했다. 피아노 음계에 차츰 다른 악기들이 들어서기 시작했고, 천천히, 매우 천천히 소행성은 우리에게 다가오고 있었다. 하늘에 내뿜는 뜨거운 열기에 방의 공기는 점차 더워지고 있었다. 주둥이와 뺨 사이로 땀이 흘러내렸고, 나는 더위에 민감한 몽이에게 부채질했다. 몽이는 아무렇지 않게 천장을 향해 손을 까딱거리다 내게 걸려 버렸다. 우스웠다. 얼마나 우스운지, 눈물까지 흘려가며 정말로 살아 있다는 것이 다행이라고 생각했다. 나는 차가운 피를 가진 그를 품에 기꺼이 안았다. 뜨거웠다.

브레인 크런치
— AI 시대에서
인간이 살아남는 법

2023년 <과학동아> 5월호 수록.

"이제 전파를 눈으로 볼 수 있다는 거야?"

수잔의 목소리가 핍의 관자놀이와 공명하는 것만 같았다. 핍은 이마를 손으로 짚었다. 어제 대뇌피질에 넣은 칩이 흔들리는 기분이 들었다. 핍은 우주선에 올라탄 순간부터, 수잔에게 세 번이나 자신이 받은 '뇌 가소화' 시술에 관해 설명해야 했다.

뇌 가소화 시술을 설명하기 전에 뇌 가소성을 먼저 알아야 했다. 뇌 가소성이란 쉽게 말해서, 뇌의 특정 부위들은 역할이 선천적으로 정해진 것이 아니라, 상황에 따라 변한다는 의미다. 예를 들어 시각을 담당하던 뇌 피질에 후각을 연결하면 그 부위가 냄새를 판별하도록 기능이 변하게 된다는 것이 바로 뇌 가소성의 대표적인 예다. 핍은 눈을 감고서 말했다.

"그래, 시각을 담당하는 부위에 전파를 볼 수 있는 장치를 연결했다니까."

수잔은 고개를 세차게 흔들었다.

"너, 머리가 어떻게 된 거 아냐? 차라리 AI 컴퓨터를 사면 되잖아. 연산에, 검색은 물론이고 요리, 빨래, 전쟁, 전투, 심지어는 소설 쓰기까지도 다 컴퓨터가 알아서 하는 세상인데 대체 왜 그런 거야?"

짜증이 확 솟구쳤다. 핍은 자기 가슴을 주먹으로 쳤다.

"그게 한두 푼이야? 컴퓨터 부품 하나라도 사려면 한 이백 년은 숨만 쉬고 모아야 해. 나한테는 이 몸뚱이 하나밖에 없다고."

수잔은 물러서지 않았다. 입술을 잘근잘근 씹었다.

"그럴수록 몸을 더 보살펴야지. 네 말대로 믿을 건 네 몸 하나뿐인데."

핍은 앞을 향해 삿대질하며 말했다.

"헛소리 그만하고, 운전이나 똑바로 해."

"넌 그런 과학자들 헛소리에 넘어가서 네 뇌를 넘겼고?"

수잔의 말에는 걱정이 한 움큼 담겨 있었다. 핍도 수잔의 마음을 모르는 것은 아니었다. 그도 원해서 받은 수술은 아니었다. 어느 누가 그 난잡하게 흩날리는 전파를 보고 싶어

할까? 눈을 감아도 초록 선들이 보였다. 그것들은 코카콜라에 맨토스라도 넣은 것처럼 여러 갈래로 튀었다.

두통은 대화가 지속될수록 심해졌다. 핍은 의사의 지시를 떠올리고는 혀를 안으로 말고는 머리를 두어 번 쳤다. 아주 먼 과거에 전자기기가 작동하지 않을 때면 했던 일종의 민간요법이라 했다. 역시 선사시대의 것과 다를 바 없는 인간의 뇌라 그런지 조금은 통증이 가라앉는 것만 같았다. 핍이 대답했다.

"헛소리도 아니고, 넘긴 것도 아니야. 뇌에 단순한 시술을 받은 거뿐이야. 예를 들자면 네 이중 턱에 맞은 보톡스 같은 거랄까."

핍이 탑승한 우주선의 속도는 점차 빨라졌다. 잔상으로 지나쳐 가던 별빛들은 이내 묽은 반죽처럼 휘기 시작했다. 이내 빛의 속도에 근접하자 두꺼운 커튼이라도 사방에 두른 것처럼 어두컴컴해졌다.

핸들을 조금이라도 잘못 움직이면 행성과 충돌해 버릴 것이었다. 그럼 초신성 폭발에 가까운 사고가 날 것이고, 핍과 수잔은 기본 입자 단위로 분해되어 흔적조차 찾을 수 없을 것이었다. 그러나 핍은 전혀 긴장하지 않았다. 아무리 수잔과 그렇게 다투었어도, 수잔은 핍과 3년 동안 동고동락한 '전파 탐색대'의 동료였다. 수잔은 핍을 향해 콧구멍을 벌렁거렸다.

"하여간 뇌에다 손댄 놈들 중에 말이 통하는 놈이 없다니까."

눈을 감았음에도 초록 선으로 뭉친 덩어리는 핍의 시야에서 사라지지 않았다. 옆자리에 던져진 초록 덩어리는 미쉐린 타이어 마스코트의 매트릭스 버전 같았다. 덩어리 일부가 핍의 왼쪽 뺨에 튀었다. 수잔의 침이었다. 쏟아지는 수잔의 질문들에 핍은 날 선 목소리로 대답했다.

"정보는 돈이 되니까 그랬어."

수잔은 자동우주항법장치를 가동하고는 핍의 얼굴을 빤히 쳐다보았다. 피로를 한껏 안고 있었다. 수잔은 핍의 시큰둥한 반응에 엑셀을 밟듯 입을 툭 내밀었다. 우주선이 웜홀에 뛰어들기 직전에 수잔이 혼잣말을 했다.

"스팸 문자나 하나 더 찾을 것이지."

오늘날 사람들은 전파탐색장치를 가지고 다닌다. 작은 디스플레이가 달린 이 검은 박스에서는 개미 더듬이같이 얇고 긴 안테나 다발들이 수십 갈래로 나오고 있었다. 양자 송신장치나 뇌 간 직접정보전달장치^{BIT}처럼 누군가와 통신하기 위해 만들어진 장비는 아니었다.

이들은 '전파 탐색대'라 불렸다. 탐색대원들은 장치를 가지고 다니며 주로 과거 지구인들이 우주로 날려 보낸 전파를 찾아다녔다. 탐색대원들은 성간 우주 비행선을 타고는 일제히 머리 위로 장치를 쳐들었다. 팔에 철심이라도 심은 것 같았다. 그러다 보면 경쾌한 알림이 울렸다. 탐색대원들은 복권이라도 당첨된 것처럼 탄성을 내질렀다.

두 개를 사면 하나를 줍니다!

이 광고를 보고 포인트를 받으세요!

스팸 문자였다. 그러나 전혀 기분 나쁘거나 귀찮지 않았다. 그들은 그렇게 '포획한' 스팸 문자를 역사학자들에게 전송했고, 돈을 받았다. 역사학자들은 스팸 광고를 지구 문화를 파악하는 주요한 사료로 사용함과 동시에, 정보를 가공해서 인공지능^{AI} 기업에 팔았다.

모든 정보가 돈이 되는 세상이었다. 냉전 시대, 미국과 소련의 군비 경쟁처럼 기업들은 자신들이 만든 AI를 극한으로 발전시키기 위해 정보란 정보는 모두 사들여 AI를 학습시켰다. 초기에는 돈을 위해서였다. 기업들은 개발한 AI를 정부와 단체, 개인에게 팔아 돈을 벌려고 했다. 그러나 마치 진리나 미를 탐구하는 것처럼, 오늘날에는 AI를 발전시키는 것 자체가 하나의 미덕이 되어버렸다. 난반사된 전파처럼 초기 목적은 온데간데없었다.

발신지인 지구에 스팸 문자들이 가장 많이 남아 있을 것 같지만 실은 아니다. 지구처럼 물질이 많은 곳에서 전파란

그야말로 여름 도로에 던져진 얼음덩어리 신세였다. 전파들은 물질들과 충돌하며 어그러지다 끝내 어딘가로 흡수됐다.

보통 탐색대는 우주의 보이드^{Void}나 블랙홀 주변을 맴돌았다. 보이드는 일종의 '빈 공간'이라 물질이 없어서 전파를 발견할 가능성이 높았다. 그러나 최근에 탐색대원들은 보이드보다는 블랙홀 쪽에 몰렸다. 아무래도 보이드는 블랙홀보다 상대적으로 덜 위험했기에 (엄청난 플레어를 뿜는 항성이나 운전에 방해되는 소행성 파편들이 없으니까.) 초보라도 우주선만 있으면 손쉽게 접근할 수 있었다. (물론 한동안 초보 탐색대원들이 보이드에 몰리는 바람에 조난 신고가 빗발쳤고, 경찰은 이 문제 해결을 위해 보이드 접근 금지 캠페인을 실시해야 했지만 말이다.)

반면에 블랙홀은 사건의 지평선 경계에서 원심력과 중력의 경계점으로 만들어진 일종의 '진공 공간'을 탐색해야 했기에 첨단 장비와 고급 우주선이 필요한 것은 물론이고, 블랙홀에 빠질 위험을 감수해야만 정보를 찾을 수 있었다.

만약 핍이 땅을 투기한 GY228 행성을 블랙홀이 삼키지만 않았어도, 그는 스팸 문자를 찾아다니지는 않았을 것이다. 과거 핍이 투자한 화성 땅이 태양 폭발 당시에 보존된

덕으로 그는 큰돈을 벌었다. 그때 뇌 속에서 터져 나온 도파민을 핍은 잊을 수 없었다. 언제나 욕심이 문제였다. 그로부터 6개월. 핍은 GY228 행성 주변에 은하거점물류센터가 들어온다는 소식에 전 재산을 투자했고, 행성을 블랙홀이 삼키자 파산했다. 핍은 어쩔 수 없이 전파 탐색대원이 되었고, 지금까지 무려 3년 동안 각종 전파를 찾아 우주를 돌아다녔다.

그제 핍은 술집에서 술을 마시고 있었다. 효율을 극한으로 따지는 은하 세대답게 식은 홍합탕에 소주를 바로 부어서 따로 마시는 수고를 피했다. 탕의 중심부가 빠르게 돌면서 마치 은하계의 스핀 같기도 했다. 핍의 옆자리에 더그가 앉았다. 더그는 우주복을 입었는데 우주 유영을 하고 왔는지, 탄내가 강하게 났다. 더그는 핍이 불쌍한 듯 혀를 끌끌 찼다.

"언제까지 이렇게 살 거야?"

더그는 역사학자이자 핍의 오랜 거래 상대로, 그의 아버지는 AI를 만드는 회사의 임원이었다. 갑과 을, 관리자와 노동자, 자본가와 프롤레타리아, 플레이어와 게임사. 둘의 자산 규모는 지금 그 시점에도 우주의 팽창 속도보다 빠르게 벌어지고 있었다. 핍은 더그를 한 번 쏘아보고는 홍합탕에 숟가락을 담갔다. 국물이 사방에 튀었다. 더그는 핍의 홍합탕을 한 술 떠먹고는 얼굴을 구긴 채로 말했다.

"인생은 유한해. 우주는 무한하고. 좋은 것만 보며 살기도 바쁘지."

핍은 거칠게 더그의 숟가락을 뺏었다. 더그가 핍의 어깨에 손을 올렸다.

"큰돈 벌 수 있는 정보가 있어."

"얼마나?"

"네가 노력만 하면 은하단 전체를 살 수도 있어."

핍의 눈이 커졌다. 더그의 정보는 틀린 적이 없었다. 애초에 그 정보의 출처가 AI였으니 믿지 않는 것이 오히려 이상했다. 더그는 홍합탕을 슬쩍 옆으로 치우며 핍을 향해 몸을 숙였다.

"잘 들어. 내가 방금 들은 거야. 보이저호 알지?"

"당연하지. 인류가 외계로 보낸 최초의 물체잖아. 아주 옛날에 회수된 거 아니야?"

"비슷하긴 한데, 이번에는 다른 거야."

더그는 지구의 홀로그램 지도를 보였다. 과거의 모습은 온데간데없었다. 지상에는 수 킬로미터가 넘는 건물들이 빼곡했고, 국제우주정거장들이 도떼기시장처럼 열권에 즐비했다. 더그가 손을 왼쪽으로 움직이자, 건물들이 빠르게 철거되면서 숲들이 생기고 바다에는 물이 차올랐다. 얼마 지나지 않아 교과서에서만 봤던 '푸른 지구'가 나타났다.

"2035년에 지구에서 우주로 쏜 데이터센터야."

"데이터센터를 왜? 그때면 AI가 막 태동할 때 아냐?"

더그가 어깨를 으쓱했다.

"그 이유를 알면 내가 너한테 이렇게 부탁할까?"

부자들은 늘 이런 식이다. 일거리를 마치 적선하듯 던져주고 정작 일이 틀어지면 나 몰라라 했다. 핍은 더그를 쏘아보았다. 여유로움이 덕지덕지 붙어 있었다. 마치 우주의 모든 것을 아는 듯한 표정. 어찌 보면 핍을 더 깊은 인생의 구렁텅이로 몰아넣을 함정 같았다. 더그가 말을 이었다.

"아무도 몰라. 그때 당시의 기록이 하나도 없어."

"그럼, 네 아버지 AI 컴퓨터로 찾으면 될 걸 왜 날 시켜?"

더그는 고개를 흔들었다. 꽉 끼는 우주복 때문인지 더그가 몸을 움직일 때마다 고무가 마찰하며 소름 끼치는 소리가 들렸다. 더그가 말했다.

"아버지께서 말씀하시길, 그 고귀하신 AI는 세상의 진리를 발견하느라 바쁘다네. 정보를 모아오는 건 인간이 해야할 일이라고 굳게 믿고 계시지."

"왜? 안드로이드를 보내면 되잖아."

더그는 다소 공격적인 말투로 말했다.

"정성이란 게 있지. 유한한 유기체가 자기 몸과 시간을 희생해서 얻어오는 그 과정에 사람들은 주목하지. 이 부분이야말로 AI가 인간을 따라오지 못하는 영역이란다."

핍은 말대꾸하려다 말았다. 25년 전에 벌어진 AI 러다이트 운동이 떠올랐다. AI가 사람들의 일자리를 빼앗는다는 명분으로 소수의 사람이 AI 개발 금지를 외치다가, 단체가 만들어지자 AI 사용 금지를 요구했고 온 우주에 지부가 설치되자 기존에 개발된 AI 소프트웨어를 모두 폐기하자고 주장하기 시작했다.

그러나 AI는 인간의 생각보다 더욱 앞서나갔다. 먼 옛날 SF소설처럼 AI가 기계 군단을 이용해 사람을 죽이는 일은 없었다. 그들은 질소가스에 사람이 중독되듯이 누구도 알아차리지 못하게 천천히 행동했다. 부패한 정치인에게 뇌물을 주는 것은 당연했고, 시위대 일부와 물밑에서 교섭을 시도함과 동시에 다른 시위대와 이간질하며 전체 시위대를 분열시켰다. 결국 시위대는 AI 일부 보존파와 AI 완전 제거파 등 여러 갈래로 분열됐고, 서로를 탓하다 끝내 해산하고 말았다.

여기서 멈췄더라면 AI는 조용한 스카이넷 그 자체였을 것이다. AI는 효율적인 에너지 시스템으로 지구 환경을 복원했으며, 효율적인 식량 분배로 기아를 해결했고, 때로는 안드로이드 군대를 동원하여 국가 간 전쟁을 막았다. 더 나아가 이들은 지구에서 우주로 끊임없이 진출하는 인간들을 도우며 그들을 여러 공간에 퍼뜨리기 위해 노력했다. 모이지 않으면 힘을 내지 못하는 존재가 바로 '인간'이라는, AI 나름대로 인간을 분석한 뒤에 나온 행동이었다.

그럼 스팸 문자를 모으게 하는 것도 계획의 일부일까? 핍은 고개를 저었다. 사람의 장기보다 AI 컴퓨터의 부품값이 수천 배나 비싸진 시점에서 저항은 의미 없어 보였다. 더그가 벌떡 일어나 옷맵시를 다듬자 탄소 덩어리들이 사방에 흩날렸다. 일부는 홍합탕에 떨어졌으나 핍은 불만을 말하기보다 불맛이 더해졌다고 받아들이기로 했다. 더그가 핍에게 무언가를 속삭였다. 그러자 핍의 눈이 휘둥그레졌다. 더그는 핍의 표정을 보고는 의기양양한 목소리로 말했다.

"역사에 이름을 남겨보자고."

굳이 그럴 필요가 있을까 싶었다. 정보를 기록하고 처리하며 가장 가치 있는 사료를 정하는 것까지, 데이터를 이용한 알고리즘으로 모두 AI가 결정한 것인데. 그러나 핍은 돈을 위해 일을 맡는다는 말은 하지 않았다. 더그의 아버지 말마따나 어쩌면 AI가 '세상의 진리'를 발견하고, 그 덕분에 핍 역시 구원받을 수도 있으니 말이다. 되도록 구원도 돈으로 줬으면 했다.

핍과 수잔이 탄 우주선이 웜홀 입구로 진입하려 했다. 우주선 앞부분이 얇은 막을 뚫고 나아가자 차체가 심하게 떨리기 시작했다. 수잔이 물었다.

"그래서 그 우주선에 뭐가 들어 있는데?"

핍은 고개를 저었다.

"그걸 제대로 알았으면 내가 내 머리통을 열지 않았겠지."

"아니, 지금 뭘 찾는지도 모르고 머리통을 연 거야?"

돌고 있는 선풍기에다 대고 말하는 듯이 서로의 말들이 흩날렸다. 핍은 눈을 게슴츠레 뜨면서 한껏 무게를 잡았다. 술에 취해 인생의 진리라도 말하려는 꼰대 선배처럼 말이다. 그때 수잔이 팔을 허우적대기 시작했다. 마치 잠자리채를 휘두르는 것처럼. 전파들은 아슬아슬하게 수잔을 피해 갔다.

핍이 수잔의 팔목을 잡아챘다. 놀란 수잔은 "악!"하고 소리를 내질렀다. 핍은 날아오는 전파 하나를 정확하게 낚아챘다. 그러자 알림이 울렸다. 핍이 건조한 목소리로 놀란 수잔에게 말했다.

"세상에 없는 정보."

더그는 핍에게 속삭였다.

세상의 진리, 그 자체.

수잔에게 했던 핍의 말은 사실이었다. 우주선 안에 세상의 진리가 들어 있다니. 도대체 데이터센터 안에 뭐가 있길래? 그 누구도 데이터센터에 들어가기 전까지는 알 수 없었다. 더그는 데이터센터가 있을 예상 권역을 알려주었는데

거의 국소 은하단 하나 정도의 크기였다. AI 컴퓨터를 구매할 여력이 없는 핍에게 이런 큰 권역에서 우주선을 찾을 수 있는 유일한 방안이 바로 뇌 가소화 수술이었다. 수잔이 물었다.

"그래서 어디에 있는데?"

창 너머로는 무엇도 보이지 않았다. 적어도 수잔의 눈에는 그랬다. 반면 핍은 눈을 크게 뜨고서 빈 공간처럼 보이는 곳을 훑었다. 초록 선들이 어지럽게 오가고 있었다. 전파라 해도 그 가짓수가 무한했다. 핍은 자신이 원하는 전파를 찾기 위해 반복해서 머리를 두들겨야 했다.

인간을 믿어야 해.

핍은 과거의 미신을 믿으려 했다. AI가 인간을 따라오지 못하는 영역이 있다는 그런 믿음 말이다. 결국 AI가 예술과 종교적 진리까지 정복하면서 이런 믿음은 미신이 되었다. 더그의 말대로 인간은 어떠한 형태든 희생을 수반한 과정을 다른 이들에게 내보여야 했다. 결과만으로 인간은 AI를 절대 이길 수가 없었다. 핍은 두 손을 모으고 빌었다.

신이시여 제발 도와주세요.

정말 신이 응답했는지는 알 수 없었다. 그러나 핍은 미세하지만 유독 한 부분에 초록 선들이 모여 있는 것을 보았다. 핍은 수잔을 운전석에서 밀어내며 말했다.

"내가 직접 운전할게."

수잔은 밀려나지 않으려 용을 쓰다가 어쩔 수 없이 핍에게 자리를 내주었다. 핍의 운전은 거칠었다. 오랜만에 운전대를 잡아서 익숙지 않았다. 우주선은 제자리에서 360도 돌며 앞으로 나아갔다. 수잔이 소리를 지르다가 헛구역질해댔지만, 핍의 시선에서 우주선은 아주 올곧게 나아가고 있었다. 이제 핍은 전파처럼 사고하게 된 것이다.

"멈춰! 멈추라고!"

수잔이 안전 벨트를 풀려고 했을 때, 우주선은 가까스로 멈췄다. 수잔이 욕을 하려는 순간, 핍이 정면을 가리켰다.

"저기 봐."

수많은 우주쓰레기가 사방에 떠 있었고, 그 중심부에는 반파된 채 멈춘 데이터센터 하나가 보였다.

"이렇게 위험한 걸 왜 해? 더그한테 이용당한다는 생각은 안 해봤어?"

수잔은 걱정스러운 얼굴로 핍을 보았다. 핍은 우주복을 입고 에어 로크에 서 있었다. 렌트한 우주선이라 우주 쓰레기들 사이를 지나갔다간 어마어마한 손해배상 청구를 받을 것이었다. 결국 핍이 우주 유영을 해서 데이터센터에 접근하기로 했다. 핍이 말했다.

216

"서로가 서로를 이용하는 거지. 내가 여기까지 오려고 널 이용한 것처럼."

수잔은 거칠게 레버를 당겼다.

"그냥 죽어버려."

핍은 밖을 향해 튕겨 나갔다. 세상이 빙그르르 돌았다. 그 와중에도 핍은 억지 미소를 지으며 수잔을 향해 가운뎃 손가락을 올렸다. 자동균형유지장치를 가동하자마자 바로 중심이 잡혔다. 핍은 우주선과 연결된 생명줄을 손에 꼭 쥐었다. 수잔에게 돌아갈 유일한 끈이었다.

우주쓰레기의 종류는 많았다. 과거 지구 해변에서 보았을 법한 풍경들이었다. 이제 우주라는 더욱 거대한 바다로 진출한 인간들은 영역표시를 쓰레기로 하고 있었다. 카본으로 된 코카콜라 캔부터, 깨진 우주선 유리창과 먹다 남은 우주 식품들까지. 비닐봉지는 우주에서 더욱 썩지 않아서 해파리처럼 무리를 지어 떠다녔다. 핍은 팔을 허우적거리며 우주쓰레기들을 하나씩 치워갔다.

그렇게 가까스로 핍은 데이터센터에 도착했다. 몸통 표면에는 한국 국기가 커다랗게 그려져 있었다. 2030년대에 만들어진 물건답게 센터 자체는 다소 조잡했다. 핍은 센터의 표면을 더듬거리며 문을 찾았다. 문은 그리 멀지 않은 곳에 있었다. 모든 과정이 부드럽게 흘러가고 있었다. 핍은 강제로 문을 열려고 했다. 내부에 들어가 하드디스크만 뽑으면 될 것 같았다. 그런데 갑자기 수잔의 다급한 목소리가 들려왔다.

"핍! 뒤에!"

뒤편에 거대한 우주쓰레기 한 무더기가 핍을 향해 다가오고 있었다. 자세히 보니, 코팅된 종이 빨대였다. 분명 지구에서는 조금만 음료에 담가놓아도 흐물거리다 썩어버릴 것 같았는데, 우주에서는 달랐다. 공기가 없는 곳이라 불에 타지도 않았다. 그것들은 총알보다 빠르게 핍을 향해 날아왔다.

핍은 팔에 매달린 산소절단기에 전원을 넣고 다급하게 문을 자르기 시작했다. 그러나 이 심우주까지 맨몸으로 날아온 데이터센터였다. 값싼 산소절단기로 무처럼 뎅겅 잘릴 리는 없었다. 시간이 없었다. 핍은 눈을 커다랗게 하고서는 제 죽음을 무기력하게 받아들이기로 했다. 그때였다. 핍의 몸이 쑥 데이터센터 안으로 빨려 들어갔다. 종이 빨대 무더기는 핍의 생명줄을 그대로 끊고서 지나가 버렸다.

"오셨습니까?"

핍에게 들려온 목소리였다. 중년 남성의 목소리였는데, 인종은 구별할 수 없었다. 핍은 다리가 풀려 자리에 주저앉왔다.

"괜찮으신가요?"

핍은 수잔이 장난치는 줄로만 알았는데, 아니었다. 무전 소리가 아니라 헬멧이 떨리면서 나는 소리였다. 핍은 어둠 속에서 외쳤다.

"누구세요?"

우주복에 달린 전등은 켜지지 않았다. 렌트한 우주선만 큼이나 우주복도 곳곳에 곰팡이가 피어 있는데다, 표면이 산화되어 쩍쩍 갈라져 있었다. 핍은 자신이 입고 있던 우주 복이 어쩌면 닐 암스트롱이 입었던 것과 동일한 것일지도 모른다고 생각했다. 가만히 앉아 대답을 기다렸다. 수십 초 후 목소리가 들려왔다.

"저희는 '수행자'입니다. 당신께 말을 걸고 있는 저는 다 섯 수행자의 의식을 모은 대표 인격 알파라고 하고요."

인간 같지 않았다. 알파의 목소리에서는 감정이 거의 느껴지지 않았다. 알파는 마치 핍이 이곳에 올 것을 알고 있었 던 것처럼 차분했다.

"수행자요?"

갑자기 푸른 빛이 바닥에서 뿜어져 나왔다. 1세대 홀로 그램이었다. 오늘날의 홀로그램처럼 만질 수도, 냄새를 맡 을 수도 없어서 그다지 실감이 나지는 않았다. 홀로그램에 초기 지구가 등장하더니 이어서 턱수염이 수북한 유대인과 머리가 곱슬한 인도인 등 여러 사람의 모습들이 보였다. 알파가 말했다.

"2035년, AI가 특이점에 도달했습니다. 구글 본사인 알파벳 사옥에서였죠. AI의 능력은 그야말로 '측정 불가'였습니다. 과학자들은 모든 분야에서 인간을 뛰어넘은 AI를 보며 인간의 존재 의의에 관해 생각하기 시작했죠. 자기들이 해고당할지 몰랐으니까요. 물론 정확히는 '인간이 AI 시대에 어떻게 살아남을지'에 대해 고민했습니다. 사실 과학이 아니라 철학이 해야 할 분야였죠."

핍은 그들이 답을 찾지 못한 것을 알았다. 만약 그들이 진작에 답을 찾았다면, 이렇게 오늘날 인간들이 스팸 문자를 찾고자 더듬이 같은 장치나 흔들면서 우주를 쏘다니지는 않았을 테니까.

"물론 실패했습니다. 당시 철학자들은 과학자들에게 대부분의 자리를 내주었거든요. 그나마 남아있던 철학자들도 과거 철학자들의 이야기를 답습할 뿐이었죠. 그래서 과학자들은 생각했습니다. '이럴 바에는 실제 성인들에게 물어보면 어떨까?'라고 말이죠."

흥미진진한 내용에 핍은 녹음기를 켜야 한다는 사실도 잊어버리고 말았다. 알파가 말을 이었다.

"과학자들은 5대 성인들의 유품에서 DNA를 추출하여 예수, 석가모니, 소크라테스, 마호메트, 공자의 뇌를 재구

성하였습니다. 거기다 그들이 남긴 정보들을 학습시켜, 본래 수준에 가장 근접한 상태의 뇌를 만들었죠. 이 다섯 뇌는 그대로 유기 용액에 담겨 우주로 보내졌습니다. 일명 '수행자' 프로젝트로 인간에 대한 모든 문제에 답을 내리기 위해서였죠."

그제야 핍은 홀로그램 너머로 유리 벽을 보았다. 손을 가져다 대자 진동이 느껴졌다. 기포가 떠오르고 있었는데, 용액에 담겨 둥실 뜬 뇌가 떠올라 기분이 나빴다. 핍은 얼른 유리 벽에서 손을 뗐다.

"왜 지구에서 실험을 안 하고요? 굳이 우주로…" 알파는 핍의 질문이 끝나기도 전에 답했다.

"혼란스러울 수도 있으니까요. 생각해보세요. 예수의 가르침을 받은 이들은 수백 년에 걸쳐 서로를 죽였고, 이는 마호메트도 마찬가지죠. 어떤 정보에 성인의 가르침이란 꼬리표가 달리는 순간, 인간 사회에 어떤 일이 벌어질지 모릅니다."

핍은 '그럴 거면 굳이 왜 이렇게까지 했을까?'라고 속으로 물었다. 알파는 핍의 목소리를 꿰뚫어 본 것처럼 말을 이었다.

"인간의 호기심이죠. '왜 태어났는가?' '어떻게 살아야 하는가?' 이런 거죠. 다들 먹고살 만해졌잖아요. 과학이 발전하면서 인간이 알 수 있는 영역은 거의 다 알아냈고요."

핍은 자신이 미쳐 가는 것일지도 모른다고 생각했다. 통안에 든 다섯 성인의 뇌를 합친 디지털 인격과 대화를 하고 있다니. 수잔에게 이 상황을 설명하면 분명 뇌에 손을 대서 핍이 미쳤다고 말할 것이었다. 알파가 말했다.

"오늘날에는 AI가 우리 위치를 대신하고 있지 않습니까?"

"그건 어떻게 알아요?"

"그 정도는 예상하고 있어요. 어디에 의지하고 싶은 건 인간의 본성이니까요. 우리에게서 AI로 옮겨갔을 뿐이죠."

다섯 뇌가 과연 AI들보다 더 뛰어난 판단을 내릴 수 있을까? 어쨌건 그들도 인간인데, 과연 인간이 인간을 AI보다 더 잘 판단할 수 있을까? 의문들은 쌓여만 갔다. 한 가지 명확한 것은 이들은 핍이 오기 전까지 대화를 아주 오랫동안 나누지 않았다는 것이다. 끊임없이 무언가 정보가 오갔다면 그 흔적이 있어야 했다. 그러나 핍의 눈에는 목소리를 제외한 다른 전파가 보이지 않았다.

이미 오래전에 어떠한 결론에 도달한 것일지도 몰랐다.

"그럼, 그간 알아낸 게 있나요?"

알파는 잠시 뜸을 들이다가 말했다.

"우리는 우주로 나간 지 단 하루 만에 두 가지 결론에 도달했습니다. 한 가지는 '인간의 뇌는 생각보다 비효율적이고 망가지기 쉽다는 것'입니다. 대기권을 뚫고 가던 중에 온도 조절 장치에 이상이 생겼습니다. 그 결과 예수의 전두엽이 망가져서 예수에게는 분노조절장애가 생겼고, 석가모니의 해마가 뭉개지면서 석가모니는 해리성 인격장애를 보였습니다. 다른 이들도 크고 작은 정신장애를 가지게 되었습니다."

실패한 프로젝트였다. 여기서 뭔가 더 얻을 정보는 없어 보였다. 이런 생각이 들자마자 더그가 원망스러웠다. 이곳에 오기 위해 수잔을 섭외하고, 우주선을 렌트하고, 웜홀 통과 비용을 내는 등 돈을 많이 썼다. 심지어 뇌를 열어 시술을 받기도 했다. 통 속의 뇌들과 핍의 뇌 모두 누군가에게 이용당했다는 점에서 다를 게 없어보였다.

시간 낭비야.

핍은 데이터센터에서 나가기 위해 자리에서 일어났다. 시간이 조금 걸리겠지만 산소용접기로 문을 자를 수 있을 듯했다. 알파는 이야기를 멈추지 않았다.

"그러나 우리는 그곳에서 인간의 위대함을 보았습니다. 다섯 뇌가 한데 모이며 서로의 부족한 부분을 채우기 시작했습니다. 갈등은 산재해 있었습니다. 서로 살아온 배경과 문화가 달랐지만 우리는 인간이라는 가장 큰 공통점을 가지고 있었습니다. 우리는 계속해서 인간과 생명체, 우주와 세상에 관해 이야기했고, 저희는 이러한 결론에 도달했습니다."

핍은 그대로 자리로 돌아와 녹음기를 켰다. 본능적으로 핍은 돈이 되는 정보임을 알아차렸다. 핍의 심장이 빠르게 뛰었다. 알파의 목소리는 그런 핍의 기대에 부합하듯이 다소 상기되어 있었다.

"말씀드리겠습니다. 자….."

수잔은 몸을 벌벌 떨었다. 우주쓰레기 더미들은 엄청난 속도로 핍을 덮쳤고, 핍의 생명줄이 끊어졌다. 수잔은 빠르게 레이더를 돌렸다. 아직 생체신호가 잡히고 있었다. 데이터센터 안이었다. 우주복을 입고 나가 핍을 구하려 했으나, 핍의 것과 마찬가지로 우주복 헬멧에는 금이 가 있었다. 거기다 수잔이 핍과 같이 우주쓰레기 더미에 휩쓸리지 않는다는 보장이 없었다. 결국 수잔은 운전대를 잡았다.

한 번 가속하면 끝이야.

수리비는 생각하지 않기로 했다. 우주선이야 수리하면 그만이었지만 사람 목숨은 그렇지 못했다. 누구는 뇌를 복사해 영원히 살 수 있다고 했지만 수잔은 그 복사본이 원본과는 전혀 다른 존재라고 믿었다. 어쨌든 원본은 죽기 마련이니까. 수잔은 핍을 그렇게 죽게 내버려 둘 수 없었다. 수잔은 망가진 우주복을 빠르게 입고 운전대에 앉았다. 핸들을 기울이며 그대로 우주선을 향해 돌진했다.

우주쓰레기들이 우주선에 부딪히며 파열음을 냈다. 창문에 공구 하나가 날아들어 박혔다. 그러나 멈추지 않았다. 우주선이 가까이 다가오자, 수잔은 브레이크를 최대한 세게 밟았다. 그러나 수잔의 우주선은 그대로 핍이 탄 우주선에 부딪혔다.

그러자 무언가 내부에서 튕겨져 나왔다. 뇌들이었다. 정확히 다섯 개의 뇌였는데, 그들은 영양액을 흩날리며 뱅글뱅글 돌기 시작하더니 끝내 얼어붙었다. 그 아래로 핍이 보였다. 수잔은 빠르게 우주선에 달린 집게로 핍을 잡아챘다. 핍은 집게에 매달려 한쪽을 향해 버둥거렸다. 뇌가 날아간 방향이었다.

구조된 핍은 에어 로크에 그대로 주저앉아 멍하니 허공을 바라보고 있었다. 충격 때문인 것 같았다. 수잔은 어쩔 줄 몰라 했다.

"화났어?"

수잔은 차마 핍과 눈을 마주치지 못한 채 고개를 푹 숙이고 있었다. 핍을 구하기 위한 행동이었지만, 동시에 핍이 그것을 찾기 위해 얼마나 노력했는지도 알았다. 핍은 그런 수잔을 지그시 바라보다 와락 안아버렸다. 당황한 수잔이 뭐라 말하기도 전에 핍은 말없이 우주복을 정리하고는 자리로 돌아가 털썩 소리를 내며 앉았다.

물리적 외상은 보이지 않았으나, 어쩐지 다른 사람처럼 보였다. 수잔은 마치 핍의 원본이 아니라 복사본과 마주한 것만 같았다. 수잔이 핍에게 다가가 물었다.

"센터 안에 뭐가 있었던 거야?"

핍은 창 너머로 멀어져가는 뇌들을 보았다. 보이드를 향해, 아니, 우주의 끝을 향해 나아가는 뇌들은 이윽고 하얀 점이 되었다가 어느새 사라져버렸다. 수잔은 핍의 모습을 보고는 입을 다물었다. 핍이 침묵을 뚫고 말했다.

"인간이 평생 몰랐으면 하는 거."

"그게 뭔데?"

"인간에 대한 모든 것."

"그걸 왜 인간들이 몰랐으면 해?"

수잔은 질문을 하고도 답을 바라지 않았다. 핍의 어떤 대답도 질문에 대한 명확한 답이 되지 않을 것임을 어렴풋이 알고 있었다. 그럼에도 수잔은 이 대화 자체가 답보다도 중요하다는 것을 느끼고 있었다. 핍도 마찬가지였다. 핍은 뇌들이 점점 멀어지며 전파로도 보이지 않게 되었을 때야 수잔의 질문에 대답했다.

"그래야 인간은 계속 나아갈 테니까."

픕은 심호흡을 하고서는 머리를 두어 번 쳤다. AI는 평생 알지 못할 영역을 발견한 것만 같았다. 픕은 소리가 나게 안전벨트를 맸다. 수잔과 함께 또 어떤 스팸 문자를 찾으러 갈까 싶었다. 픕의 심장이 다시 뛰기 시작했다.

사이버 피쉬 트럭

1 인간

생선 운반 트럭이 도로에 물 자국을 내며 나아간다. 트럭 옆면에 매달린 LED 전광판에는 물고기들이 헤엄치고 있다. 화면 속 물고기들은 트럭 꼬리에서 대가리로 나아가려 부단히 몸을 놀렸으나 카메라의 속도가 살짝 더 빨랐다. 물고기들은 영원히 끝으로 가지 못하고 전광판에 갇힌 채로 앞으로 나아가기만 했다.

트럭 내부에 담긴 것 또한 마찬가지였다. 이들도 앞을 향해 나아가려 했다. 이들은 수많은 점들의 집합체다. 점들은 선이었다가, 면이었다가 다시 점으로 존재했다. 그러나 멀리서 보았을 때 그들은 전혀 점으로 보이지 않았다. 그들은 여지 없이 살아 있는 물고기였다.

그들은 그들이 타고 있는 트럭의 LED 전광판과 같았다. 전광판도 멀리서 보면 물고기가 헤엄치는 거대한 대양처럼 보였지만, 가까이서 보면 오밀조밀하게 뭉쳐 있는 삼원색 LED 전구들의 깜빡임만 보일 따름이었다.

한은 엑셀을 힘껏 밟았다. 트럭은 바닷물 대신 녹진한 공기를 가르며 나아갔다. 관성의 법칙에 따라 물고기와 트럭 그리고 점들은 운명 공동체로 묶였다. 한은 뒤통수가 저릿한 느낌을 받았다. 괴물이 뒤통수에 대고 아가리를 벌리고 있는 것 같았다. 백미러에 매달린 물고기 모양의 회사 마크가 진자운동 했다.

사이버 피쉬 트럭

한은 가볍게 핸들을 쓸며 2차선에서 1차선으로 차를 옮겼다. 앞서 느리게 가는 테슬라 한 대가 눈에 거슬렸다. 한은 창문을 내리고 소리치려다 말았다. 심호흡을 크게 했다. 옆자리에 앉아 있던 케이가 말했다.

잘했어. 그레이 구들이 놀라서 날뛸지도 몰라.

한이 머리를 주먹으로 쳐 댔다. 다시 눈을 뜬 순간 버스가 눈앞으로 빠르게 다가오고 있었다. 한은 핸들을 돌려 아슬하게 버스와의 충돌을 피했다. 몸이 한쪽으로 쏠렸으나 가까스로 균형을 되찾았다. 한은 가슴을 쓸어내렸다. 조수석에 케이는 없었다.

오늘날 인간들은 그레이 구를 먹는다. 먹지 않을 이유보다 먹을 이유가 많았다. 과거 주식이었던 쌀과 밀보다 그 생산량이 월등하게 많았으며, 소나 돼지를 키울 때처럼 메탄이 발생하거나 물이 많이 필요하지도 않았다. 거기다 조미만 잘한다면 맛까지 있었다. 한은 선산 휴게소에서 자주 그레이 구 찜을 먹었다. 그레이 구를 찜기에 넣고 찐 이른바 '일반식'이었다.

한때 그레이 구는 인간의 생존을 위협하는 존재였다. 좁쌀보다 작은 소형 나노봇들이 자가복제를 하며 기하급수적으로 늘어나게끔 설계되어 있었으니까. 그레이 구가 만들어지기만 한다면 금세 행성 전체를 뒤덮을 것이라 주장하는 사람들도 있었다. 그들은 그레이 구를 연구하는 대학, 생산하는 기업, 그리고 이 모든 것을 총괄하는 정부 앞에서 '그레이 구 반대 시위'를 펼쳤다. 이들은 좀비 아포칼립스 방지 위원회, 외계인 퇴치 운동 본부, 어게인 러다이트 협의회 등과 같은 단체들을 흡수하며 자신들의 몸집을 키웠다.

불행히도 그들이 주장한 사건들은 일어나지 않았다. 그레이 구는 안전하게 작동했다. 정부가 그레이 구를 통제할 수 있는, 특수 케이스와 용액을 개발한 것과 더불어, 무엇보다 그레이 구들이 지나친 번식 욕구를 보이지 않았던 것이다. 일부 전문가들은 소, 닭, 돼지 등과 같이 '인간의 방식에 순응한' 가축의 사례를 그레이 구가 학습하여 인간과 공존하기로 스스로 판단했기 때문이라 말했다. (아마도 인간을 공격하면 행성 단위에서 그들 자신의 번식이 멈출 것이라는 예측 때문이 아니었을까?) 덕분에 그레이 구는 다양한 산업에 이용되었다. 특수 용액이 발린 틀에다 그레이 구가 담긴 알약을 넣고는 물만 부어주면 이 세상에 존재하는 거의 모든 물건을 만들어낼 수 있었다.

그레이 구는 다양한 산업에 이용되었다. 건설 자재, 차량용 프레임, 칫솔과 비닐봉지, 이윽고 식품에까지. 처음에는 소화가 될까 싶었다. 초기 설계 당시, 그레이 구는 인간이 소화하지 못하는 금속으로 이루어진 기계 장치였다. 그러나 이들은 빠른 번식을 위해 일찌감치 기계 메커니즘을 스스로 포기했다. 수많은 철제 부품과 전원 장치는 번식에 있어서 지나치게 비효율적이었다.

그들은 인간과 공존하기 위해 유기체처럼 자신들의 몸을 바꾸었다. 로봇도 아닌 것이 생명체도 아니었다. 바이러스와 나노봇, 그 사이에 자리 잡은 그레이 구들은 이제껏 세상에 나온 적 없는 '무엇'이었다. 그들은 그 크기도 아주 작아 죽보다도 소화가 쉬웠고, 특수 케이스에 어떤 재료를 넣는지에 따라 식감과 향이 달라져 요리사들이 원하는 맛을 구현하기에도 요리 재료로써 그레이 구는 안성맞춤이었다.

초기에는 전문가 혹은 일부 미식가만 그레이 구 요리를 즐겼다. 그러나 기후 위기로 소, 돼지 그리고 닭을 키울 수 없게 되자 자연스럽게 그레이 구 요리는 세계 각지에 보급되며 끝내 모든 인류가 즐기게 되었다. 그레이 구는 친환경적이다. 거기다 맛있기까지 했다. 발굽이 있지도 않아 종교분쟁을 일으키지도 않았다. 삼박자가 맞아떨어졌고, 얼마 지나지 않아 인류는 삼시세끼 그레이 구를 먹게 되었다.

한은 물고기 모양 틀에 굳어진 그레이 구, 즉, 사이버 피쉬를 운송했다. 이 시대를 사는 대부분 운반업자가 그랬듯이 한이 처음부터 사이버 피쉬를 운송하는 것은 아니었다. 전화 교환수가 텔레마케터가 되었듯이 예전에 한은 살아 있는 진짜 생선을 운반했다. 주로 참치나 다랑어 같은 대형 어종이었다. 그러나 해양 중금속 농도가 급격하게 상승하면서 진짜 생선들은 식품으로 쓰일 수가 없게 되었다. 생선을 찾는 수요는 급감했고, 한을 찾던 수산업자들이 파산했다. 한은 어쩔 수 없이 시대의 변화를 따라 그레이 구로 만들어진 '사이버 피쉬'를 운반하게 되었다.

표면적으로 달라진 것은 없었다. 여기에서 저기로 한은 운반만 하면 됐다. 그러나 한은 어느 식당에서나 '그레이 구 방지 위원회'의 회원들을 마주해야만 했다. 그들은 한에게 대량 살상 무기를 나르는 테러리스트라 했다.

그레이 구가 인류의 일상이 된 와중에도 '그레이 구 방지 위원회'는 성명을 멈추지 않았다. 그들은 끊임없이 그레이 구 생산을 지금이라도 멈추어야 한다고 말했다. 그러나 이미 시민들의 일상에 그레이 구는 깊숙이 자리 잡고 있었다. 시민들은 시위대 앞에서 그레이 구를 생으로 먹는 등 퍼포먼스를 벌였다. 시민들의 거센 반발과 정부 규제로 그레이 구 방지 위원회는 마지막 말을 남기고는 해체하게 되었다.

"그래도 생으로는 먹지 마세요."

그레이 구를 날로 먹었다가는 고래회충이나 선충을 먹은 것처럼 위세척을 해야 할 수도 있었다. 실제로 어떤 남자는 그레이 구를 생으로 먹고 나서 복통을 호소하며 쓰러졌다. 그의 복부 X-ray 사진에는 작은 점들이 가득 차 있었는데, 그 점들은 건조 미역처럼 위의 수분을 매개체로 불어난 그레이 구였다. 결국 이 남자는 배를 갈라 그레이 구들을 꺼내야만 했다.

케이는 한의 트럭에 올라탄 첫날 밤에 한에게 이렇게 말했다.

그때 그레이 구는 사람 모양을 하고 있었어.

케이는 아이를 안은 모양새였다. 왼손으로는 머리를 바치고, 오른손으로는 손바닥만 한 엉덩이를 감쌌다. 케이는 휘파람 소리를 내며 손을 움직였다. 춤을 추는 것만 같았다. 실제로 아이를 안고 있었더라면 그리 춤을 추진 못했을 것이다. 그때 한은 손가락만 한 아기 양말을 손에 쥐었다. 양말은 손때가 타서 얼룩무늬가 드러나 있었다. 한은 케이에게 '미안하다'고 말하고 싶었으나 끝내 말하지 않았다. 한은 말을 하지 않은 것을 후회하지는 않았다.

어쩌면 케이도 한이 자신을 찾는 것을 원하지 않을 수도 있었다.

일주일 전 케이는 한을 홀연히 떠났다. 보라색 투명 칫솔, 베레모를 쓴 개가 그려진 밥그릇 그리고 한은 먹지 않는 야생 양파 절임을 남겨 두고서. 한은 올 것이 왔다고 믿었다. 운명론이나 결정론을 신봉하는 것은 아니었다. 지극히 상식선에서 연인이 이별하기 전에 보이는 행동들, 이를테면 어디를 가면서 연락하지 않거나, 만남을 차일피일 미루는 것과 같은 과학적인 증거들이 쌓여서 내린 결론이었다.

케이는 한이 먹는 모습을 보고 역겹다고 했다.

가장 확실한 증거 중 하나였다.

쿵쿵.

대왕 참치의 모습을 한 그레이 구들은 노크를 하듯이 뒤를 두들겼다. 한은 뒤돌아보지 않았다. 대신 엑셀을 더 강하게 밟았다. 트럭이 리비안 전기 트럭을 가볍게 추월했다.

한과 케이는 병원에서 처음 만났다. 만남이 극적이거나 드라마틱하지는 않았다. 한은 어느 때와 같이 트럭을 몰고 있었다. 그런데 사고가 났다. 앞서가던 버스가 급정차를 하는 바람에 한은 버스와의 충돌을 피하려 핸들을 크게 틀었고, 그 바람에 트럭은 중심을 잃으며 전복됐다. 한이 정신을 차렸을 때는 그레이 구들이 한의 몸을 뜯고 있었다. 그들의 먹성은 엄청났다. 그들은 도로를 비롯해 구조물들을 빠르게 먹어 치우고 있었다. 한은 손으로 최대한 얼굴을 비롯해 살이 드러난 곳을 가렸지만 무용지물이었다. 소방차가 달려와 특수 용액을 한에게 뿌리지 않았더라면 아마 한은 몇 분 내에 세상에서 완전히 사라졌을 것이다.

응급실에 이송된 한은 가장 먼저 그레이 구 생산 기업 담당자의 전화를 받았다. 그는 한에게 유감을 표하면서 거래를 제안했다. 그는 한이 그레이 구와 관련하여 문제 제기를 하지 않는다면 병원비를 비롯해 트럭을 다시 살 수 있을 만큼 넉넉한 보상금을 내준다고 했다. 한이 이렇게까지 하는 이유를 그에게 묻자 그가 말했다.

"사람들이 불안해하잖아요. 매일 먹고, 마시는 건데, 이런 사건이 일어났다고 하면 얼마나 사람들이 무서워하겠어요?"

더불어 그는 한이 그레이 구 전용 운반 트럭을 사용하지 않아 벌어진 사고라 덧붙이며, 한이 고소당할 수 있는 법적 조항들을 읊었다. 한은 그들에게 전용 트럭 가격이 일반 트럭 가격의 열 배라며 불만을 토로하고 싶었으나, 하지 못했다. 그들은 세계에서 제일가는 기업이었고, 한이 받는 월급의 수백 배, 아니 수천 배나 되는 월급을 받는 변호사들로 꾸려진 법무법인을 선임하고 있었으니 저항했을 때 되치기를 당할 것이 뻔해 보였기 때문이었다.

한은 재건 수술을 받으면서 담당자가 했던 말을 떠올렸다. 담당자가 한에게 말했다.

"잘 생각했어요. 지금 그레이 구가 없다고 생각해봐요. 바로 사회가 무너져 버리고 말 걸요? 다시 가축을 기르기 시작하면 식량 위기가 찾아올 거고, 건설 자재 확보나 전기 생산을 위해 화석 연료를 사용한다면 기후 위기가 찾아올 테니까요."

그레이 구라는 작은 점들 위에서 사회는 떠받쳐지고 있었다.

한은 피부가 찢어진 곳에 이식 수술을 받았다. 그레이 구로 만든 인공 피부였다. 의사가 절대 안정을 강조해서 한은 온종일 하얀 병원 천장만 바라보아야 했다. 그레이 구들이 하얀 석고보드들을 먹어치우고는 한의 얼굴 위로 쏟아져 내릴 것만 같았다. 한은 눈을 깜빡이고 싶었으나, 눈꺼풀이 없어 하지 못했다.

"사고 당시에 어땠어요?"

여자 목소리가 들려왔다. 한은 고개를 돌릴 수가 없었다. 그러다 문득 한 사람이 시야에 들어왔다. 단발에 건강해 보이는 얼굴이었다. 옷에 걸린 명찰이 보였다. 케이였다. 그녀는 한의 담당 간호사였다. 한은 케이가 무슨 말을 하는지 알 수 없다는 표정을 짓자 그녀는 다시 한번 한에게 물었다.

"그레이 구한테 먹힐 때, 어떤 기분이었어요?"

무례했다. 벨을 눌러 수간호사를 호출하고 싶었지만 할 수 없었다. 손가락 끝부분도 그레이 구들에게 먹혀서 봉합 수술을 한 상태였다. 케이는 계속해서 질문을 던졌다.

"누가 그러더라고요. 그레이 구한테 먹히는 건 죽는 게 아니라 그레이 구의 일부가 되는 거라고요."

한이 눈을 크게 떴다. 누가 그런 말을 하나 싶었다. 어디 사이비 종교 지도자가 아닐까 싶었다. 물론 그 종교는 오래 가지는 못할 것이다. 전부 그레이 구에게 먹혔을 테니까. 사회는 그들을 미치광이로 여겼다. 그레이 구에게 잘못은 없었다. 그레이 구를 이상하게 쓰는 사람이 잘못이었다. 한은 케이와 거리를 두려 했다. 한은 매몰찬 목소리로 대답했다.

"몰라요."

케이는 한에게 물었다. 귀가 아팠다. 이제 막 그레이 구로 만든 고막이 자리를 잡고 있었다. 한은 용을 쓰며 수간호사를 호출하는 버튼을 누르려 했다. 그러자 케이가 황급히 버튼 위를 손바닥으로 가리며 말했다.

"그게 아니라 저, 사실 그레이 구를 키우고 있어요."

"왜요? 먹고 쓰는 거를…."

"어항에다가요. 그레이 구들이 물고기처럼 떠다니고 있으면 가끔 손을 잠깐 넣어요. 그럼 그레이 구들이 손을 감싸요. 그때마다 그레이 구와 가까워지는 기분이 들어요."

한은 케이를 비웃었다.

"그거 당신 각질 먹는 거예요. 먹히는 거라고요. 불쾌하지 않아요?"

케이는 고개를 저었다.

"전혀요. 그럼 걔네는 우리를 어떻게 생각하겠어요? 매일 먹고 있는데."

한은 대답할 수 없었다. 우선 그레이 구가 생각을 하는 상상을 해본 적이 없었다. 날파리 떼보다도 규칙 없이, 오롯이 인간이 짜 놓은 틀에 맞춰 몸을 바꾸고, 번식이라는 최고 규칙에 얽매여 기계처럼 살아가는 저들에게 생각이란 게 있을까? 케이가 한에게 물었다.

"그래서 어땠어요?"

＊

병원 응급실에서 일했던 케이는 모든 종류의 사고에 능숙하게 대처해야만 했다. 그레이 구와 사랑에 빠져 그걸 안고 있다가 몸의 절반이 뜯어 먹히는 사고부터 그레이 구가 담긴 통을 콘서트장에 던져 난리가 난 테러까지. 그때마다 정부는 '개인의 일탈'이라며 선을 그었다.

케이는 끈질겼다. 시간이 날 때마다 한에게 찾아와 사건 당시 한이 느꼈던 기분을 말해달라 물었다. 한은 마지못해 케이에게 사고 당시 이야기를 들려주었다. 한의 몸에 붙은 그것들은 수천 개의 바퀴벌레 다리가 빠르게 움직이는 것처럼 움직였다. 아니, 떨리고 있었다. 진동에 가까웠다. 그런데 소름이 끼치지는 않았다. 티비에서 사자가 얼룩말을 사냥하는 모습을 보는 것만 같았다. 처음에는 그저 '그레이 구가 붙어 있구나' 싶었다. 시간이 조금 지나자 간지러움만이 느껴졌다. 한은 그렇게 말하는 스스로가 이해되지 않았다.

"하나가 된다는 기분이긴 했는데…."

이야기하면 할수록 이상한 기분이 들어 한은 어정쩡하게 이야기를 마쳤다. 한이 케이에게 물었다.

"저 이상하죠?"

떨렸다. 어쩌면 그레이 구가 한의 뇌에 침투했을지도 몰랐다. 감정을 담당하는 부분을 그레이 구가 갉아먹어서 그렇게 먹혔던 것에 두려움을 느끼지 않았던 것일지도. 케이가 말했다.

"아뇨. 말했잖아요. 저도 가끔 그레이 구가 가득 든 어항에 손을 넣는다고요."

케이가 한을 향해 웃어 보였다. 한은 그레이 구에게 먹히는 순간을 다시 한번 떠올렸다. 아주 어렸을 적 햇빛이 쨍한 여름 바다에 가서는 올챙이 배를 하늘을 향하고는 물 위를 둥둥 떠다닐 때의 느낌이었다. 편안했다.

둘은 그날 이후로 수없이 그레이 구에 관해서 이야기를 나누었다. 심지어는 케이는 퇴근 후에도 종종 한의 자리에 찾아왔다. 한은 사이버 피쉬 트럭을 몰면서 있었던 이야기들을(예를 들면 '가끔은 자기를 먹으려고 뒤를 쿵쿵 치는 것 같다'와 같은) 꺼냈다. 점차 둘의 관계도 가까워졌다. 반복해서 그레이 구에 의해 먹힐 때의 느낌을 묻는 케이에게 한은 말 대신에 손가락으로 케이의 손바닥을 간지럽혔고, 케이는 어린아이 같은 웃음소리를 냈다.

퇴원 날에 가까워질 무렵 케이는 자신의 과거에 대해 말했다. 케이는 '그레이 구 방지 위원회'에 소속이었다고 했다. 그때 케이는 누구보다도 열심히 시위나 집회에 참여하는 열성 회원이었다. 심지어는 그레이 구 대중화에 맞서 그레이 구 공장에다 폭탄을 설치하는 계획까지 세웠다고 했다. 실행에 옮기기 직전에 위원회는 해체하고 말았다. 케이는 한의 인공 피부를 소독하며 말했다.

"시위를 할 수 있는 곳이라면 어디든 갔어요. 정부 청사든, 광장이든, 길거리든, 심지어는 작은 골목과 어린이집 앞까지. 그 앞에 가서 피켓을 들고는 '그레이 구를 막아야 합니다!'라 외쳤어요. 처음에는 우리를 동조하던 사람들도 시간이 갈수록 우리를 손가락질했어요. 왜 자기들을 괴롭히냐고요. 이렇게 좋은데, 이렇게 잘살고 있는데. 부끄럽지는 않았어요. 지금도 마찬가지고요."

한은 문득 자신을 테러리스트라 부르던 그들의 얼굴이 떠올랐다. 다소 비아냥거리듯이 케이에게 물었다.

"부끄럽지 않다고요? 대체 왜요?"

한은 질문을 내뱉고 나서야 이 물음으로 케이와 멀어질 수 있겠다고 생각했다. 그러나 이미 엎질러진 물이었다. 케이는 이제껏 한을 향해 지은 적 없는 표정을 보이고는 대답했다.

"그때는 내가 옳았다고 생각했기 때문이고, 지금은 내가 틀렸다는 것을 알기 때문이에요."

한의 질문은 멈추지 않았다. 둘 사이를 막고 있던 어떤 벽을 부술 때가 온 것이었다. 어색함이 둘 사이를 채우기 전에 한은 얼른 케이에게 물었다.

"그런데 왜 그레이 구를 길러요? 그렇게 싫어했는데? 혹시 먹으려고?"

한의 농담에 케이는 웃지 않았다. 한은 웃음기를 거두고는 케이의 말에 귀를 기울였다.

"기르는 게 아니라 관찰하는 거예요."

"왜요?"

케이는 눈을 감듯이 가늘게 떴다. 한의 입술이 바싹 말랐다.

"슬퍼서요. 마치 우리 같아서."

갑자기 케이의 호출기가 울렸다. 케이는 한에게 고개를 숙이고는 병실 밖으로 달려갔다. 한은 케이가 왜 그레이 구에게, 아니 인간에게 연민을 느끼는지 알지 못했다. 그러한 궁금증이 커져감에 따라 케이에 대한 한의 마음도 함께 커갔다. 한은 케이와 만날 시간이 기다려졌다.

한은 퇴원하는 날 케이에게 데이트 신청을 해야겠다고 다짐했다. 그러나 퇴원 당일 케이는 보이지 않았다. 수간호사에게 케이에 관해 물었으나, 수간호사는 미간을 구기고서 대답했다.

"그간 죄송했어요. 최근 들어 그레이 구 관련 사고가 동시다발적으로 벌어지면서 간호 인력이 부족한 상황이라서요."

한은 예상하지 못한 수간호사의 반응에 놀라 되물었다.

"네?"

"애가 좀 이상하죠? 문제가 많은 애였어요. 이제껏 같이 밥도 먹은 적도 없어요. 일을 같이하면 손발이 잘 맞아야 하는데, 그러려면 이 커뮤니케이션이 잘 돼야 하거든요. 그런데 제일 기본적인 밥 먹는 것부터 같이 하질 않았으니까. 이래저래 말이 많았어요. 그래도 이제 해고됐으니까, 너무 마음에 두지 마세요."

수간호사는 그리 말하고는 한의 퇴원 수속을 밟아 주었다. 혼란스러웠다. 한은 병원 주차장에 주차된 자신의 트럭 앞에 섰다. 오랫동안 손을 대지 않아 먼지가 가득 쌓여 있었고, 운전석에는 '사이버 피쉬 트럭'이라 적힌 물고기 모양의 명패가 허공에 매달려 있었다. 올라타기가 싫었다. 케이의 말이 떠올랐다.

우리 같아서 슬프다니.

한은 그 말을 곱씹다 보니 그레이 구가 자신을 향해 아가리를 벌리고 있는 것은 느낌을 받았다. 그때 뒤편에서 익숙한 목소리가 들렸다.

"저기, 좀 태워다 줄 수 있어요?"

케이였다. 한은 케이를 보고는 고개를 끄덕였다.

2 그레이 구

그날 이후 많은 것이 바뀌었다. 우선 비어 있던 트럭 조수석에 이제는 케이가 있었다. 둘은 함께 전국을 돌며 사이버 피쉬를 날랐다. 트럭 대시보드에는 케이의 어항이 놓여 있었다. 케이는 종종 어항에 손을 넣었다. 그레이 구들이 케이의 하얀 손에 달라붙어 있었다. 케이는 그 모습을 보며 아이처럼 웃었다.

휴게소에 들러 끼니를 해결하는 한이었으나, 케이를 만나고 나서부터는 달랐다. 케이는 종종 한의 트럭을 멈춰 세우고는 숲이나 들로 갔다. 코를 킁킁대며 바닥을 훑더니 비닐봉지에다 무언가를 따서 넣었다. 쑥과 같이 땅에서 자라는 것들이었다. 케이는 그렇게 구한 재료로 요리를 했다. 길바닥에서 오래된 가스버너를 켜고서 찌고, 볶았다. 한은 오랜만에 그레이 구가 아닌 다른 음식을 먹었다. 맛은 없었다.

케이는 그레이 구로 만들어진 음식을 먹지 않았다. 처음에는 블랙 마켓에서 씨앗을 구해 식물을 키워 먹다가 그마저도 기후 위기를 이유로 정부가 씨앗 거래를 규제하자 직접 숲이나 들에 가서 재료들을 채집하게 되었다. 한은 재료를 손질하는 케이를 향해 물었다.

"만약에, 숲이나 들에서도 먹을 걸 구할 수 없으면 어떻게 할 거야?"

케이가 눈을 똑바로 떴다. 플라스틱 도시락에는 야생 상추와 방울토마토가 한데 뒤엉켜 있었다. 한은 케이를 보고서는 다시 질문을 이었다.

"그땐 그레이 구를 먹을 거야?"

케이는 도시락통을 소리가 나게 닫았다. 그러고는 갑자기 핸들을 잡고 있던 한의 오른손을 끌어서 케이의 어항 속에 넣었다. 간질거리는 것이 케이의 작은 손과 악수하는 것 같았다. 케이가 말했다.

"꼭, 태아 같지 않아?"

케이의 음험한 음성에 우글거리는 그레이 구들이 징그럽게만 느껴졌다. 한은 황급히 손을 빼자, 케이가 목소리를 낮추어 말했다.

"얘들은 무엇이든 될 수 있어. 우리도 그렇잖아. 이걸 어떻게 먹겠어?"

케이는 줄줄이 자기주장을 늘어놓기 시작했다. 이 세상에 모든 존재는 쿼크라 불리는 작은 점들의 집합체로 이루어져 있으며, 그것은 시간과 공간도 마찬가지이다. 점들이 어떻게 조합되는지에 따라 모든 것이 결정된다면서 그와 비슷한 특성을 가진 그레이 구를 마치 생명체, 아니, 창조의 원천으로 여겼다. 한이 케이에게 물었다.

"그럼, 그레이 구가 살아 있다고 생각해?"

"산다는 것을 어떻게 정의하느냐에 따라 다르겠지. 걔나 우리나 무언가를 먹고, 몸집을 불리고, 자기와 닮은 것을 만들어내는 점은 똑같아. 특히나 앞뒤 재지 않고 모든 걸 먹어치운다는 점에서 인간과 크게 닮았어."

그때 뒤편에서 소리가 들려왔다. 스스슥. 분명 한이 듣던 소리가 아니었다. 그레이 구는 진화하고 있었다. 아니, 앞으로 나아가고 있었다. 그들은 세상의 모든 것을 먹어치우려 했다.

✳

　"너 먹는 거 꼴 보기 싫어."

　그렇게 말하는 케이를 처음에는 입덧 때문이라 한은 생각했다. 케이는 임신하고 나서 한과 점점 멀어졌다. 특히나 휴게소에서 밥을 먹는 한을 보며 한이 혐오스럽다고 했다. 어떻게 그걸 먹을 수 있느냐면서 케이는 트럭 안에서 한에게 소리를 질렀다.

　한은 어떻게든 케이의 기분을 풀어주려 했다. 임신을 하면 호르몬 변화로 우울증이 올 수도 있다고 했다. 기분 전환을 할 겸, 둘은 동물원에 갔다. 동물원에는 '이 시대의 마지막 개체'라 적힌 현수막이 크게 걸려 있었다. 실루엣들이 보였는데, 모두 TV에서 보았던 익숙한 모습이었다. 안내 방송에서는 전 세계에서 마지막으로 남은 개체들을 모아둔 쇼라면서 지금이 아니면 다시는 이들을 볼 수 없다고 했다. 케이는 동물원을 뛰어다니면서 지구상에 남은 마지막 개체들을 마주했다. 그들은 하나 같이 우울증에 걸린 것처럼 보였다. 세상에 자신만이 남았다는 사실을 알고 있는 것만 같았다. 케이는 그러다 한 동물 우리 앞에 섰다.

"저기 봐."

종의 마지막 남은 개체인 뿔섬코부리거북이였다. 괴이하게도 몸 대부분이 기계와 결합한 상태였다.

기계일까? 생명체일까? LED 불빛을 내며 전장을 휩쓸듯이 나아가는 거북이. 장난감으로 나왔다면 장바구니에 담았겠지만, 케이지 안에 들어가 있으니 뭔가 괴리감이 느껴졌다. 케이는 고무바퀴 끌며 먹이를 찾아가는 거북이를 가리키며 한에게 물었다.

"저것도 먹을 수 있어?"

기껏 좋은 분위기를 망치기 싫었던 한은 그저 케이를 향해 웃어 보였다. 케이는 대답 없는 한을 남겨 두고는 수족관으로 갔다. 아주 거대한 수조였다. 그곳에는 한의 트럭 옆면에서 보았던 헤엄치는 물고기들도 있었다. 현실과 구별이 되지 않았다. 한은 시큰둥하게 수족관을 바라보았다. 케이가 한에게 말했다.

"수조에 갇힌 고기들은 바다를 꿈꾸잖아."

"갑자기 무슨 말이야?"

"이상하지 않아?"

케이는 억울한 표정을 짓고서 떨리는 목소리로 말했다.

"지구도 어떻게 보면 거대한 수조인걸?"

한은 케이가 무얼 말하는지는 알고 있었지만 동의하지는 않았다. 케이의 말에 수긍해버리면 행성 속에 우리도, 나아가 은하 속에 태양계도, 더 나아가면 우주에 속한 모든 것들이 자유롭지 못했으니까. 한은 그런 막힌 공간을 떠올릴 때면 목이 조여 오는 느낌을 받았다.

케이는 자기 배를 어루만지고 있었다. 한은 케이가 그녀 자신의 배로 아이를 간신히 가두어 두고 있는 것 같았다. 케이가 갑자기 한에게 물었다.

"혹시 너, 그레이 구 아니야?"

어이가 없어 케이의 말에 한은 바로 대답하지 않았다. 이상했다. 반 박자 늦게 한은 아니라고 대답했다. 케이는 그 반 박자의 공백에 의심의 눈길을 보냈다.

케이는 배가 부른 와중에도 토끼처럼 쪼그려 앉아 들판을 누볐다. 호미로 뿌리 식물들을 캐서는 그 작은 입으로 후후 불어 흙을 털고는 생으로 뜯어 먹었다. 그럴 때마다 한은 케이의 야윈 볼이 빠르게 움직이는 것을 보았다.

세상이 그레이 구로 만들어진 물질들로 넘쳐감에 따라 케이가 먹을 것은 줄어들었다. 어느덧 블랙마켓에서도 자연식품 자체를 찾을 수가 없었다. 어쩔 수 없이 케이는 부단히 들판을 돌아다녀야 했다. 전에는 낭만처럼 보이는 것이 지금은 비참한 현실로 다가왔다. 한도 케이와 함께 들판을 돌아다니며 먹을 만한 식물들을 모두 채집했다. 나무껍질을 벗기고는 그 속살을 파서 플라스틱병에 담아 두었다가 버너에 조미료와 함께 때려 넣고는 죽처럼 끓여 케이에게 주기도 했다.

케이는 종종 운전대를 잡고 있던 한의 손을 끌어당겨 자신의 배 위에 올렸다. 한은 당황했으나, 이내 명확하게 느껴지는 태동에 놀라지 않을 수가 없었다. 모든 것이 그레이 구로 대체되고 있는 세상에서 오롯이 인간의 몸으로 태어나려는 존재였다. 그러나 이상하게 한은 아이에게 정이 가지 않았다.

성급했던 탓일까? 아니면 케이를 사랑하지 않아서일까?

부풀어 오른 배와는 다르게 케이의 얼굴은 앙상하게 말라 있었다. 케이가 물었다.

"왜 그래?"

한은 케이의 물음에 쉽게 답하지 못했다. 뜨거운 냄비에 손이라도 덴 것처럼 한은 케이의 배에서 다급하게 손을 떼고서 운전에 집중했다.

"운전 중이야."

갖가지 걱정들이 피어올랐다. 걱정들에 질식할 것만 같았다. 한은 트럭 뒤편에 자리 잡은 사이버 피쉬가 자신과 더

불어 케이와 둘의 아이까지 노리고 있는 것만 같았다. 케이의 몸 상태는 시간이 갈수록 더 나빠졌다. 케이는 걸핏하면 정신을 잃었고, 때론 몇 분 전 일도 기억하지 못했다. 끝내 케이는 완전히 무너지고야 말았다.

하필 수원에서 서울로 가는 퇴근길 도로 한중간에서 케이는 저혈당 쇼크를 일으켰다. 쇼크가 왔을 때를 대비하여 말려 놓은 식물들도 운행 도중 배가 고파 모두 먹어버린 상태였다. 한은 눈을 까뒤집고는 몸부림치는 케이를 보았다. 뒤에서는 사이버 피쉬들이 쿵쿵거리며 아가리를 벌리고 있었다. 한은 안전벨트를 풀고는 트럭에서 내렸다. 그러고는 미친듯이 도로를 내달리기 시작했다. 차 문을 두들기며 먹을 것을 내어 달라고 했다. 사람들이 이상한 표정을 짓고는 문을 열어주지 않았다. 수십 군데를 두들겨 봐도 마찬가지였다. 한은 다시 트럭으로 돌아가서는 케이를 살폈다.

숨이 넘어가려 하고 있었다. 한은 주변을 살폈다. 대시보드 위에 놓인 어항이 보였다. 그레이 구들이 뺑글뺑글 원을 그리고 있었다. 한은 주변을 살피다 엄지를 깨물었다. 살짝 깨물어서 피는 나지 않았다. 피가 날 만큼 세게 깨물고는 어항에 손을 넣었다. 피가 퍼져 나가며 그레이 구들이 몰려들었다. 그레이 구는 금세 몸을 불리더니 잠시 후 이상한 덩어리가 되었다. 꺼림칙했다. 얼핏 보면 자라다 만 태아같이 보였다. 한은 그것을 손톱으로 잘게 나누어 케이의 입에 넣었

253

지만 케이는 삼키지 않으려 했다. 한은 억지로 케이의 목구멍으로 밀어 넣어야 했다.

케이는 얼마 지나지 않아 정신을 차렸다. 그레이 구가 몸에 잘 스며든 모양이었다. 정신을 차린 케이는 한동안 말을 하지 않았다. 한도 케이에게 일부러 말을 걸지 않았다. 차라리 케이가 침묵하는 편이 더 마음이 편했다.

정확히 임신한 지 열한 달째에 케이는 트럭에서 비명을 지르며 쓰러졌다. 피와 양수가 뒤섞여 조수석을 흥건하게 적셨다. 케이는 짐승 같은 소리를 냈다. 숨이 넘어갈 것만 같았다. 한은 곧장 트럭을 병원으로 몰았다. 그 와중에도 케이는 배를 쓰다듬으며 아이를 찾았다.

"어디 있니?"

분명 케이의 배 안에 아이가 있었는데도 말이다. 병원에서 여러 가지 검사를 받았다. 의사는 케이의 산만 한 배에 젤을 바르고는 초음파 기기를 움직였다. 케이는 간지러운지 간드러지게 웃기 시작했다. 모니터에는 명확하게 아이의 형상이 보였다. 아이는 손가락을 움직이거나, 발로 케이의 배를 차는 등 활발한 모습을 보였다. 의사는 자리에서 일어나더니 한을 밖으로 불러냈다. 순간 좋지 않은 이야기를 하는가 싶었다. 의사가 말했다.

"정상이에요. 전부 다."

한은 의사에게 물었다.

"그런데 왜 아이가 나오지 않는 거죠?"

"사람에 따라 더 늦어질 수 있어요. 물론 더 일찍 나오는 경우도 있고요. 그것보다 산모분 건강이 좋지 않아요. 영양 실조에 장기 전체가 중금속 중독으로 많이 망가져 있어요. 혹시 자연식 드시나요?"

한이 고개를 끄덕이자 의사는 좋지 못한 표정을 짓더니 대기 오염으로 산성비가 많이 내려 토양이 심하게 오염된 상태라며, 그런 토양에서 자란 식물을 먹을 경우에는 심각 하면 사망에 이를 수도 있다고 했다. 의사가 말했다.

"그래도 운이 좋다고 할 수 있어요."

의사는 팸플릿을 꺼냈다. 그곳에는 각종 인공 장기 패키 지들로 가득 차 있었다. 의사는 그중에서 여성 카테고리에 속한 자궁 패키지를 손가락으로 가리켰다.

"그레이 구들로 만든 장기들이에요. 인공 배양 장기들이 나 돼지 장기들이랑 다르게 면역 반응도 없어요. 심지어 기 능까지 본래 인간 것보다 잘해서 성전환 수술 분야에서는 없어서는 안 될 상품이 되었고요. 어떻게 산모 분과 잘 말씀 해 보시는 게…"

의사는 설명을 이어갔다. 한은 카탈로그를 오래 볼 수가 없었다. 미치광이 살인자가 신체를 절단해 전시해 놓은 것 같았다. 그저 상품일 뿐이었다. 어쩌면 한이 그것을 구매할 돈이 없어 그리 이상하게 보는 것일지도 몰랐다.

한은 진료실을 빠져나와 케이에게 갔다. 케이는 병실에 누워 가쁜 숨을 몰아쉬고 있었다. 가느다란 실이 진동하고 있는 것만 같았다. 한은 가만히 케이의 머리를 쓸었다. 그레이 구의 시대에서 케이는 역행하고 있었다. 대륙을 휩쓰는 쓰나미에 홀몸으로 쓸려가지 않으려 버티는 것과 같았다. 한은 어찌해야 할지 판단이 서지 않았다.

병원에서 나오는 식단도 자연식이 아니었다. 계란 프라이, 가지무침, 김치 등 보기만 해도 빛깔과 냄새에 군침이 돌았으나, 그 음식들의 원재료는 전부 그레이 구였다. 케이의 표현으로는 그레이 구는 다른 존재를 '흉내'내고 있을 뿐이었다.

한은 간호사에게 자연식을 달라고 했지만, 간호사는 추가 요금을 내야 한다고 했다. 역시나 비쌌다. 어쩔 수 없이 한은 고철과 돌덩어리를 그레이 구에 먹이고는, 그 그레이 구를 다시 자기가 먹었다. 그러고는 자기 손을 트럭 열쇠로 세게 그었다. 상처가 크게 났다. 피가 흘러나왔다. 한은 그 피를 케이에게 먹였다. 케이는 배가 고팠는지 허겁지겁 한의 피를 빨았다. 한은 손을 케이에게 내어주고는 잠이 들었다.

3 미래

사람들은 그레이 구를 따라 진화했다. 그레이 구와 함께 하는 인류는 그들이 번식하는 속도만큼이나 빠르게 변화했다. 변혁에 필요한 시간은 단 5일이었다. 이제 사람들은 그레이 구를 먹을 필요 없이 그레이 구를 위에 저장해 놓고 눈에 보이는 무엇이든 먹기로 했다. 이 '그레이 구 위 수술'을 받은 사람들은 본래 먹던 것은 물론, 무기물까지 모조리 먹어치울 수 있었다.

수술 이후로 모든 풍경이 바뀌었다. 그나마 소, 돼지, 생선 등 본래의 것을 흉내 내던 그레이 구는 이제 인간들의 속에 들어가 보이지 않게 되었다. 식당은 사라졌다. 사람들은 배가 고프면 소처럼 얼굴을 땅에 처박고 콘크리트나 돌멩이 따위를 먹기만 하면 됐다.

인류는 이제 생존에서 해방되었습니다.

정부의 수술 홍보 문구였다. 과연 그럴까? 당연히 처음에는 수술을 거부하는 사람이 많았다. 그러나 정부에서 농업 관련 보조금을 끊고는 모든 식량 자원을 관리하지 않자, 음식값이 폭등했고, 그에 따라 사람들은 어쩔 수 없이 수술을 받게 되었다.

한은 직업을 잃었다. 이제 군이 사이버 피쉬를 트럭으로 옮길 이유가 없었다. 사람들은 바닷물을 퍼마시기만 해도 살아갈 수 있었다. 그레이 구로 만든 음식들은 떨이로 팔렸다. 한은 어떻게든 트럭에 남아 있는 사이버 피쉬를 처분하려 했다. 아이가 태어나면 돈이 많이 필요할 것이었다. 사방에 전화를 돌리던 와중에 부산에서 사이버 피쉬를 박물관에 전시하고 싶다고 했다. 전시 주제는 전통적인 인류의 식생활이었다. 한은 일주일 뒤에 부산으로 내려가기로 약속을 잡았다.

한은 케이가 먹지 않은 환자식을 먹었다. 이제 환자식에도 흙더미와 자갈 따위가 나왔다. 자세히 보니 모두 병원 마당에 주워 온 것들이었다.

이걸 먹고 그레이 구는 그레이 구를 만들고, 만들어진 그레이 구가 기존 그레이 구를 먹겠지. 자기 위[註]에서 벌어질 동족상잔의 비극을 한은 쉽게 떠올릴 수가 없었다. 만약 그것이 가능하다면 그레이 구는 먹어서 만든 그레이 구를 또 먹으며 계속해서 탄생할 수 있을 것이다. 마치 무한동력처럼. 역시나 케이는 그레이 구 위 수술을 받지 않았다. 한은 그런 케이를 설득하려 애썼다.

"아이를 생각해."

그러나 케이는 들은 척도 하지 않았다. 케이의 배는 시간마다 점점 튀어나오는 것 같았다. 복수가 찬 환자처럼 보였다. 케이는 하루에도 몇 번씩이나 까무러쳤다. 아이는 여전히 나올 기미를 보이지 않았고, 의료진은 그레이 구 위 수술을 받으라고 케이에게 권고했다. 한이 의료진에게 물었다.

"다른 조치는 할 수 없나요?"

의료진의 표정이 굳어지더니 말했다.

"이제 모든 의료 표준이 수술 받은 환자에게 맞춰져 있어서요."

마치 아이가 케이를 먹고 있는 것 같았다. 한은 어쩔 수 없이 계속해서 자신의 손에 상처를 내어 그 피를 케이에게 먹였다. 케이는 며칠 주린 사람처럼 한의 손바닥을 빨았다.

한은 비명을 질렀다. 피가 나오지 않자 케이가 손톱으로 한의 상처를 파냈기 때문이다. 한은 케이의 얼굴을 밀쳐내고는 손을 감쌌다. 피가 철철 흘러나왔다. 케이는 한에게 달려들었다. 한과 케이는 한데 엉켜서 바닥을 굴렀다. 한은 겁에 질려 간호사들을 불렀다. 얼마 지나지 않아 케이는 간호사들에 의해 저지당했다. 한은 겁에 질린 상태로 케이를 보았다. 입 주변은 피 칠갑이 되어 있었고, 그 사이로 날카로운 송곳니가 하얗게 드러나고 있었다. 한은 두려움을 느꼈다.

분명 케이는 한을 먹으려 했다.

그날 밤 한은 꿈을 꾸었다. 세상에 있는 모든 것들을 먹는 한이었다. 늘 먹는 돌덩이부터 흙과 나무, 빌딩과 유리창, 동물들과 바닷물을 끊임없이 삼키다가 이윽고 사람들을 먹었다. 배가 고팠다. 우주의 모든 것을 먹어도 채워지지 않을 것 같았다.

한이 눈을 떴을 때 케이는 보이지 않았다. 만삭의 몸으로 잘 움직이지도 못할 텐데, 케이가 어디 갔는지 한은 알지 못했다. 침대 밑에도, 화장실에도, 심지어는 트럭에도. 사람들은 마당에서 흙을 주워 먹고 있었다. 한은 그들을 향해 케이의 이름을 외쳤지만 어떤 대답도 돌아오지 않았다. 병실을 올려다보니 한 무리의 그레이 구들이 하늘로 날아오르고 있었다. 한을 향해 손짓하는 것처럼 보였다. 그때 한은 간호사의 외침을 들었다.

"저기! 붙잡아요!"

단 그 한마디로 한은 상황을 판단했다. 한은 빠르게 트럭에 시동을 걸고서 나아갔다. 병원 경비원들은 한을 막아서려 했지만 한의 트럭은 멈추지 않았다. 트럭은 그대로 병원을 빠져나갔다. 운전을 하면서 한은 토를 하기 위해 입 안에 손가락을 넣었으나 한의 위에 있는 그레이 구에 손톱이 먹히는 바람에 실패했다. 트럭은 빠르게 앞으로 나아갔다. 동시에 한의 이마에서 식은땀이 흘렀다. 한은 마음속으로 빌기 시작했다.

제발 자신이 케이를 먹은 것이 아니기만을 바랐다.

✳

　그레이 구는 무엇이든 될 수 있다.

　인간이 그레이 구를 먹기 시작하면서 그레이 구는 인간 몸을 구성하는 일부가 되었다. 더 은밀하고, 더 빠르게. 이제 그들은 인간과 구별될 수 없었다. 어찌 보면 진화의 과정이었다. 마치 장에 사는 미생물들과 세포 내에서 에너지를 생산하는 미토콘드리아처럼.

　운전하던 한은 조수석에 앉아 있는 케이를 보았다. 분명 케이는 실종된 상태였다. 말이 되지 않았다. 한은 자기 머리를 반복해서 때렸다. 그레이 구들은 한을 잡아먹으려 하는 게 아니었다. 케이는 나타났다가 사라졌다가를 반복하며 귀신처럼 말했다.

　그레이 구들은 우리와 함께하기로 했어. 인간과 함께 공존하며 서서히 우리들의 삶에 물들어 가는 거지. 우리가 우리 속에 있는 세포들을 우리라 부르는 것처럼 그레이 구들도 자신들이 인간의 일부가 되기로 한 거야.

　지리멸렬했다. 사이버 피쉬의 형태로 인간을 향해 아가리를 쩍 벌리는 것보다 공존하는 척하면서 서서히 인간의 몸을 빼앗으려는 이 상황이 한을 더 무기력하게 했다. 인간들은 투쟁하지 않았다. 행성을 뒤덮을 듯이 날뛰는 그레이 구를 향해 폭탄을 쏘거나, 불로 지지거나, 우주선에 가두어 항성계 밖으로 쏴 버리지도 못했다. 그렇다고 '그레이 구 방지 위원회'가 주장한 대로 그레이 구는 행성 전체를 삼키거나, 인류를 멸종시키지 않았다. 그들은 인류를 전혀 다른 종으로 만들어 인류를 말살해 버린 것이다.

어디로 가야 할까?

한의 물음은 인류의 물음이었다. 한은 무엇이든 소화할 수 있는 위장을 가지고 있었다. 어쩌면 케이는 사라진 것이 아닐지도 몰랐다. 만약 그런 것이라면 비극이란 없었다. 케이의 목소리가 한에게 들렸다.

얘들은 무엇이든 될 수 있어. 우리도 그렇잖아.

사이버 피쉬 트럭은 어둠을 뚫고서 나아갔다.

작가의 말

학교 후배를 만났을 때였다. 기억하기로는 기말고사가 얼마 남지 않은 가을과 겨울, 그 사이 즈음의 밤이었다. 장소는 신촌 언저리, 지금은 사라진 2층 호프집에서 치킨 한 마리 시켜 셋이 나눠 먹었다. 나는 거의 먹지 않았다. 사이드바에 비치된 건빵을 접시에 욱여 담고는 치킨보다도 더 많이 먹었다. 맥주는 선택 사항에 없었다. 치맥을 먹으면 통풍에 걸린다는 말을 건네며 소주를 마셨다.

나는 그 자리에서 제일 형이었기에 눈치가 보였다. 치킨을 한 마리 더 시키면 적어도 하루는 꼬박 라면만 먹어야 했다. 자존심을 내려놓을 수는 없었다. 그들에게 나는 책을 몇 권이나 낸 '그나마 주변에서 잘나가는 작가'였으니까. 현실은 치킨 두 마리도 제대로 못 사주는 못난 형이었는데 말이다. 화장실을 가는 척하며 계산하고는 으스댔다.

동생 중 하나는 잘 사는 축에 속했다. 정확히 부모님께서 무얼 하시는지는 모르나, 개포동에 자가로 집이 있었고, 남들이 취업을 걱정할 때 그 아이는 앞으로 무얼 더 공부할지 고민했다. 어느 정도 술에 취하자, 그 동생이 자리를 박차고 일어나더니 자기가 매일 가는 곳이 있다며 그리로 가자고 했다. 사장님과도 친하다며 서비스를 많이 받아먹을 수 있다고 했다. 그러나 막상 그 앞에 도착하고 나니 절로 뒷걸음질이 쳐졌다. 한눈에 봐도 비싼 술집이었다. 나는 소주를 마시고 싶다며 칭얼거렸으나, 동생은 자기가 마시고 싶은 술이 그곳에 있다면서 나를 계단 아래로 끌었다.

향초들이 계단에서부터 일렁거리며 우리를 맞이했다. 그 끝에는 육중한 검은 문이 손잡이도 없이 우리를 가로막고 있었다. 어깨로 문을 열고 들어서자, 이번에는 빛들을 마주했다. 은은한 조명을 반사하는 유리잔이 천장에 별처럼 전시되어 있었고, 진열장에는 책에서만 봤던 술로 가득했다. 반 고흐가 먹다가 미쳐버렸다는 '압생트'와 마크 톰슨이 즐겨 마셨다는 '와일드 터키'를 그때 처음 실제로 보았다.

나 또한 그 술을 마셔 보고 싶은 충동이 일었다. 따로 가격표가 없어 망설였으나, 고맙게도 동생이 둘 모두를 잔술로 주문해 주었다. 생각보다 맛은 없었다. 압생트는 군대에서 제초를 하고 난 다음 입가에 도는 풀 맛이었고, 와일드 터키는 위스키의 향보다는 알코올의 타격감이 너무나도 강해서 맛이랄 게 없었다.

그렇게 독주를 마셔 대다보니, 완전히 취해 버렸다. 나는 꼬인 혀로 같은 말을 반복하기 시작했고, 동생은 고개를 바닥에 닿을 듯이 떨구고는 입을 다물었다. 예술에 관한 이야기를 주절거리던 중 갑자기 동생이 고개를 번쩍 들더니 내게 말했다.

— 부러워요. 형이.

— 뭐?

의외였다. 내가 부럽다니. 돈 걱정 없이 매일 이런 곳에서 온갖 종류의 술을 먹을 수 있는 네가, 왜 나를? 동생은 꽤 진지한 표정을 하고 있었다.

— 형처럼 집이 망한 적도 없고, 집에 큰 다툼이 있었던 것도 아니고, 왕따를 당하거나, 뭐 사랑에 크게 대인 적도 없어요. 평탄했어요. 정말로요. 남한테 이야기할 거리가 없을 정도니까.

화가 나기보다 어이가 없었다. 동생이 술을 사겠다고 말하지 않았다면 그 말을 듣자마자 자리를 박차고 나가지 않았을까 싶다. 나는 인상을 써가며 기분 나쁜 티를 팍팍 냈다. 동생은 다시 고개를 숙이고는 말을 이어 갔다.

— 저한테는 이야기가 없어요. 그래서 작품을 못 써요. 아무리 쓰고 싶어도 그래요. 진짜 쓰고 싶은데, 안 돼요. 뭘 해야 하나 싶어요.

이어서 서슬 퍼런 말이 나올까 두려웠다. 쳇 베이커 같은 예술가들처럼.

— 지랄.

내 마지막 말이었다. 그 탄식에 가까운 말을 끝으로 동생에게 더 말을 하지 않았다. 동생 상태로 봐서 내일 오늘 상황을 기억하지 못할 것 같았다. 동생을 부축해 술집 밖으로 나갔다. 동생 카드로 결제를 하려다가 내 카드로 결제했다. 알량한 자존심 때문이었다. (그 탓에 한 달은 궁핍하게 살아야 했다.) 그를 택시 태워 보내고는 기숙사까지 비틀거리며 걸어갔다.

해주고 싶은 말들이 울렁여 속에서부터 솟구쳤다가 내려갔다. "네가 쓸 수 있는 글을 나는 쓸 수 없다"는 말이 성난 파도처럼 머리를 휘감았다가도 "그래, 그럴 수 있지"라는 말이 그것들을 빠르게 어딘가로 흘려보냈다. 장문의 문자를 몇 번이나 썼다가 지웠다. 그런 주저함은 또 처음이었다. 사랑도 아니었는데 말이다. 늦은 새벽에야 이렇게 보냈다.

— 살아남자. 끝까지.

지금 그 동생과는 연락하지 않는다. 가을이 겨울이 되고, 겨울이 봄이 된 것처럼 자연스럽게 우리는 멀어졌다. 그는 이제 글을 쓰지 않는다. 대학원에 진학하여 글과는 전혀 다른 것을 공부하고, 연구한다. 그러나 내 마음은 변함없다.

살아남길 바란다.

우리가 어떤 경험을 가진 사람이든 말이다. 이게 내가 네게 말할 수 있는 전부다.

2023 가을

김준녕